文春文庫

水郷から来た女

御宿かわせみ３

平岩弓枝

文藝春秋

目次

水郷から来た女

秋《あき》の七福神《しちふくじん》

一

その年の秋の終りから、江戸に七福神詣《もうで》が流行《はや》り出した。

「おそろしく、気の早い人もいるもんですねえ、今から七福神詣だなんて、来年のことをいうと鬼が笑うっていいますけど、こんなに早くちゃ鬼も笑いそびれて困っちまってるんじゃありませんかね」

大川端の「かわせみ」では、世間の噂《うわさ》に一番、反応の早い女中頭のお吉《きち》が早速、笑い話にした。

七福神詣というのは、元日から七日までの中《うち》に七福神を祭ってある社寺を廻《まわ》って福徳施与の祈願をするもので、いわば新年の行事である。

お吉が来年のことをいうと鬼が笑うと冗談をいったのはそのためだが、そんな陰口をよそに、七福神詣は秋が深まるごとに熱狂的な信者をふやして行った。

誰がいい出したのか知らないが、陽《ひ》が暮れてから、夜明けまでの内に七福神の社寺を巡拝することを七夜続けると、思いがけない御利益《ごりやく》があるというので、白衣の背に七福神詣と大書した浄衣を着、提灯《ちょうちん》を片手に、

「ながきよのとおのねぶりのみなめざめ、なみのりぶねのおとのよきかな」

という文句をくちずさみながら、恵比寿さまだの、大黒さまだのを祭った社祠を巡って歩く者の姿が目立つようになった。

「あんまり世の中が不景気だし、いやなことばっかり続くから、来年の七福神詣まで待てなくなって、こんなことがはやり出したんじゃないかっていってるようですよ。日本橋のれっきとした大店《おおだな》なんかでさえ、今年の暮はかなり苦しい年越しになろうって話ですから」

久しぶりに訪ねて来た神林東吾《かみばやしとうご》と二人っきりの居間で、るいはお吉からの受け売りをした。

「源さんも気を揉《も》んでるよ。こういう御時世は盗っ人連中も気が荒くなって、殺さなくてもいい奴まで手にかける。信心で夜道をうろうろするのはいいが、とばっちりで怪我でもしたら、とんだ七福神だからなあ」

寝化粧を終えて近づいたるいを、一つ布団に誘いながら、東吾がいった。

このところ、江戸は凶悪犯がふえていた。なかでも、金持の家をねらって押し入り、

大金を強奪した上に、手むかいもしない者を皆殺しにして去るという強盗には八丁堀が手を焼いている。

「なにしろ、入られた家で生き残った者が今のところ一人も居ない。従って、手口が全く摑《つか》めないのだ」

親友である八丁堀の定廻《じょうまわ》り同心、畝源三郎《うねげんざぶろう》からきいた話を東吾はるいに語った。

入られた店はどこも揃《そろ》って大名家や大奥にお出入りしている大商人で、日本橋の呉服屋、浅草の京菓子屋、神田の唐物屋《とうぶつや》など、今月に入ってからも五軒が襲われた。

不思議なのは、どこの家も賊が戸を叩《たた》きこわして侵入したような形跡がなく、

「内部に賊を手引する者がいて、戸をあけて盗っ人どもを入れてやったのではないかという岡っ引が多いそうだ」

「そのようなことにかかわり合って、かわせみへの足が遠ざかってお出《い》でしたの」

男の腕の中で、るいが怨《えん》じた。

「しかしなあ、るい、出入りの商人が強盗のために一家皆殺しにあったときけば、大名家からも大奥からも、お奉行に声がかかる。人情としても、一刻も早く下手人をあげよ、賊の手がかりはつかめぬのかと……お奉行もつらい……源さん達は尚更だろう」

兄が町奉行所の与力であってみれば、東吾にしても対岸の火事ではなかった。

「申しわけございませぬ。ただ、るいはお目にかかれぬ日が続くと、苦しくて……」

「こうか、るい」

東吾が余裕を持って、るいをひきよせ、るいは更に苦しげな眉《まゆ》になった。

行燈《あんどん》の灯影で、二人だけの夜が声もなく過ぎて行く。

が、夜明け前に、東吾は起きて身仕度をしていた。るいが音のしないように、あたりに気を遣《つか》いながら作った朝粥《あさがゆ》で腹ごしらえをして、裏口から、

「お気をつけて下さいまし、くれぐれも……」

るいに見送られて大川端を出る。

目と鼻の先の八丁堀へ戻ってくると、奉行所のほうから走って来たのが畝源三郎で、

「やられました。今度は下谷の縫箔《ぬいはく》屋です」

今しがた、知らせが入ったところだという。そのまま、東吾は源三郎について走り出した。

「知らせが早かったな」

二人とも八丁堀でも無類の駿足のほうだから、走りながら話しても呼吸一つ乱れない。

夜はまだ明けていなかった。

町は寝静まっている。

知らせが早かったと東吾がいったのは、これまで強盗に入られた商家は、その状態が発見されるのは夜があけてからで、大方は近所が、いつまでも奉公人の起きて働く気配もないその家に不審を持って声をかけ、はじめて皆殺しになっている家の中の惨状に仰天して届け出るのが常であったからである。

「使いの者の話で、よくわかりませんが、どうやら、生き残りがいたようです」

「生き残り……」

「小僧のようです」

「そりゃあ手がかりがつかめるかも知れんな」

下谷の伊勢屋の前には、このあたりの岡っ引、弥五郎が下っ引と出迎えに立っていた。

「現場はそのままでございます。とにかく、ごらん頂きたいと思いまして……」

今度の一連の強盗事件は自分達の浅智恵で手に負えるものではないと心得ていて、現場保存に全力をあげたらしい。

「手前が参りました時、大戸があいて居りました。小僧の清吉は賊がいなくなってから裏口を出て、手前共へ知らせに参ったと申しますから、これは、賊が入る時、あけたか、帰る時にあけたか、でございましょう」

殺されているのは、大戸を入った土間のところで番頭と手代が左右に別れたような恰《かっ》好《こう》で斬られている。どちらも得物《えもの》を持っていないのは、例によって抵抗もしなかったのに殺された様子である。

主人の芳平は、居間で、仏壇の脇《わき》に金をしまっておく用箪笥《ようだんす》のひきだしがあいているところをみると、賊に金を渡してから殺されたらしく、女房は次の間に寝ていて起き上ったところをやられている。

廊下に手代が二人、別々に倒れて居り、下女部屋の入口で下働きの女中が二人とも折重なるようにして死んでいる。

僅《わず》かに幸運だったのは、縫箔の仕事をする職人が全部、通いで、夜は伊勢屋に泊っていなかったのと、たまたま、風呂桶が修理中だったのに気がついて、風呂桶にもぐり込んでいた小僧の清吉だけが、賊の手をのがれたことだった。

「同じ奴だな」

死人の傷口をみていた源三郎が立ち上るのを待って、東吾は声をかけた。

「同じです……」

今まで御用商人を襲った盗賊と同じ連中の仕業ということは、もの凄《すご》い斬りざまからしても明らかだった。まず、肩から斬り下げ、胸を突いている。剣術を学んだ者の太刀筋というより、力と、場数をふんだ者の馴《な》れた手口といったほうがよい。

「清吉というのは、どこにいる……」

源三郎が声をかけた時、ちょうど、弥五郎の下っ引が蒼白になっている少年をはげましながら入ってくるところであった。

十三だという伊勢屋の小僧は、流石《さすが》に動転していたが、それでも弥五郎達に、度胸づけられて、おどおどと話し出した。

昨夜は風呂桶がこわれて、風呂がなかったのと、

「風の強い日は夜更かしをしていると、とかく火の始末が悪くなるからと旦那様の口癖で……」

早寝ときまり、四ツ（午後十時）には大方が寝仕度をした。

「寝巻に気がえようとしていると、番頭さんが、風が強いので、もう一度、店のなかを見廻るといって、手代の松之助さんとわたしがお供をして店から台所から、ずっとみて歩きました」

店へ来た時、大戸を誰かが叩くような音がして、女の声がきこえた。

「番頭さんがのぞいてみろといいますので」

清吉が臆病窓からみると、店の前に腰元風の女がお供を二人連れて立っている。

「松之助さんものぞいてみて、びっくりしまして……」

番頭にいい、番頭が戸のこっちから、どなた様でと声をかけた。今度は男の声で、

「大奥の滝乃様の火急のお使い……」

と返事があり、番頭が慌《あわ》てて、清吉へ主人へ声をかけるよう命じ、手代と二人で大戸をあけにかかった。

「走って、店と奥との境目まで行った時、うしろで……」

濡《ぬ》れ雑巾《ぞうきん》を叩きつけたような音がして、ふりむくと、大戸から男達が入って来ているのがみえた。

「黒っぽい着物をきて、刀を持って……」

あとは夢中で、どうやって風呂場へ逃げ込んだのかもおぼえていないという。

「風呂場の戸もあけられたんです。もう駄目だと思って……」

しかし、賊は風呂桶の中まで改めないで立ち去った。

かなり長いこと、清吉は風呂桶の中にいた。もうよかろうと思って這《は》い出したというより、怖《おそろ》しさに居たたまれなくなって出て来たのが本当のところらしい。

「家の中はしんとしていて、まっ暗で……」

そのまま裏口からとび出して、弥五郎の家の戸を叩いたという。

「手前が、戸をあけました。ちょうど四ツ半（午後十一時）をすぎたところで……町内を一廻りして帰って来たばかりでございました」

四ツに伊勢屋を強盗が襲ったのが間違いでないとすると、清吉が逃げてくるまでに、およそ半刻《はんとき》（一時間）ちょっとで……、

「手前が若い連中と夜廻りで伊勢屋の前を通ったのが、おおよそ五ツ半（午後九時）でございましたか」

弥五郎達が通りすぎた後に、強盗は伊勢屋を襲っている。

「腰元風の女とか、引き揚げて行く賊をみた者はなかったのか」

「申しわけございません」

岡っ引達の夜廻りの裏をかいて、賊は伊勢屋を襲い、引き揚げている。

調べが終った時、陽はもう高くなっていた。

「賊も考えやがったな」

八丁堀へ帰りながら、東吾が呟《つぶや》いた。

伊勢屋では、いわゆる武家の婦人達の小袖や打掛け縫いをしたり、箔をおいたりという特別註文の仕事を多く手がけている。自然、大奥から註文主の依頼内容をくわしく伝えるために、仲介の呉服屋をさしおいて、使いが来ることも珍しくはない。

「女ってのは気が変りやすいからな。銀糸で波を縫ってくれと註文を出し、次の日には金糸の蝶に変えてくれ、その翌日にはいっそ鳶《とんび》にしてみようって奴さ」

東吾がわかったようなことをいい、腹をおさえた。

「源さん、どこかで飯にしないか」

午《ひる》には早かったが、どっちも朝飯抜きである。るいの心づくしの粥だけでは、八丁堀へ帰るまで持ちそうになかった。

「蕎麦《そば》はどうですか」

通りすがりに小さな店があった。

「なんでもいい。この際、欲はいわない」

源三郎が先に店へ入った。がらんとしているが、釜場には蕎麦をうでた熱気がこもっているし、汁の匂いもする。

「おい、誰かいないか」

声をかけると、奥から五十がらみのやせぎすな男が出てきた。

「なんでも出来るものでいい、蕎麦を二つ頼む」

入口に近いところへすわった。

「少々、おまち下さいまし」

亭主らしい、その男が釜場へひっ込むと、たまたま二階から女が下りて来た。三十をいくつか出ているだろう、どちらかというと地味な感じの女で、客かと思っていると、東吾と源三郎をみて、軽く小腰をかがめた。

「いらっしゃいまし」

そのまま、奥へ入って、蕎麦湯を持って出て来た時は木綿物の上っぱりのようなものを着ていた。

待つほどもなく、かけ蕎麦が二人前、女の手で運ばれて来て、それっきり、店はひっそりしてしまった。

「随分、静かだが、奉公人はいないのか」

蕎麦を食べ終って、主人が新しい蕎麦湯を注《つ》ぎ足しに来た時に、気になっていたことを東吾は口にした。

「かみさんと二人っきりでやっているのか」

「へえ……」

亭主が下をむいた。

「実は、近く店をしめますもので」

意外な返事だった。

「奉公人には、ひまをやりました」

商売がどうもうまく行かないのだと、亭主は低い声でいった。

「夏の間がどうもいけませんで……」

秋になってとりかえしがつくと考えたのが、見込み違いになった。

「そりゃ気の毒だな」

釜場のむこうに、女房がしょんぼりした後姿をみせている。

勘定を少し余分において、東吾は店を出た。

「食い物屋が潰《つぶ》れるというのは、よくよくだな」

蕎麦の味は悪くなかった。

「場所からいっても、繁昌しそうな店だが」

「こればかりはわかりませんな」

源三郎も首をかしげた。

「なにしろ、日本橋の大店が店じまいをする御時世ですから……」

中年の夫婦が、ともかくもそれまでやって来た店をしめて、これからどう暮しをたてるのだろうと、東吾も源三郎も暗い顔で八丁堀へ戻って来た。

が、夕方になって、下谷の弥五郎が八丁堀へ報告に来て、二人は思わず顔を見合せた。

「今朝ほどは、まことに申しわけございませんでした。時分どきになって居りましたのに、うっかりして居りまして……」

なんのもてなしも出来なかったと恐縮した弥五郎に、源三郎が何気なくいった。

「そんな気は遣わないでくれ」

つかぬことをきくようだが、あの近くに夫婦者のやっている蕎麦屋があるが、といいかけると、弥五郎が一膝、乗り出した。

「松田屋でございましょうか。あの近所で蕎麦屋と申しますと松田屋しかございませんが……」

「店じまいをするらしいな。そんな話をきいたんだ」

「なんでございますって……」

畝の旦那は今日、松田屋へお寄りになったのかときく弥五郎の様子が只事《ただごと》ではない。

「お前が気にするといけないが、実はあそこで腹ごしらえをして帰ったんだ。蕎麦もうまいし、中年者の正直そうな夫婦だのに、なんで、店をしめることになったのか、ちょっと気になったのだ」

と、源三郎はいった。

「旦那、松田屋の主人は、昨年歿《なくな》りまして、あとを継いだ悴《せがれ》は三十一、女房はまだ居りませんで、六十になる母親と、弟と妹と、四人で店をやって居りました。旦那がお逢《あ》いになったのは……」

「おかしいな。俺がみたのは五十がらみの亭主と三十いくつかの女房で……」

居合せた東吾もうなずいた。

「他には誰もいなかったが……」

った。

「申しわけございません、これから下谷までお出ましを願います」

松田屋の家族四人が皆殺しになっていたといわれて、源三郎も東吾も口がきけなくなった。

松田屋は間違いなく、今日の午近く、東吾と源三郎が蕎麦を食べた店で、その奥の部屋に、主人の長男が母親と弟妹をかばうようにして斬殺されて居り、母親は亦《また》、三人の子を抱くような形で、四人が死んでいた。

あたりは血の海である。部屋には布団が敷いてあるところをみると賊が入ったのは夜の中と思われた。

釜場には蕎麦がうでてあり、鍋には汁が冷えている。

二階には何人かが車座になって蕎麦を食ったあとが残っていた。

「六人か……」

箸とどんぶりの数をみて、東吾が呟いた。

小さな蕎麦屋だから、盗まれた金はいくらでもないだろうが、死体に残った傷の様子から伊勢屋へ押し込んだ盗賊と同一と思われる。

「伊勢屋を襲ってから、すぐここへ押し込んだのだろうな」

ひょっとすると、伊勢屋へ入る前かも知れないと東吾は源三郎にいった。

「昨夜は弥五郎一家の者が夜廻りをしていた筈《はず》だ。武家風の腰元だの、黒ずくめの盗人がうろうろすれば、どこであやしまれないとも限らない。奴らは用心して、伊勢屋と目と鼻の先にある松田屋を足場にしたのじゃないだろうか」

蕎麦屋は朝が早く、岡場所の近くにある店でもなければ夜も五ツ（午後八時）には店をしめる。親子四人が早やばや寝仕度をしていてもおかしくはない。

「そうすると、俺達に蕎麦を出した男と女は盗賊の仲間だったわけか……」

「あの時、二階に他の仲間も残っていたかも知れません」

今更、歯がみをしてもあとの祭りである。

この近所の者が、松田屋の異変に気がついたのは午になってからで、客が来て、店から奥をのぞいて腰をぬかした。

「もうその時は松田屋には誰も居りません」

おそらく、東吾や源三郎が立ち去ってから、

「それぞれ、客のような顔をして、堂々と表から出て行ったに違いありません」

蕎麦屋の店から、見知らぬ者が出て来ても客だと思うから近所の者は疑いもしない。

「蕎麦屋だけあって、まことに一杯食いましたな」

口では冗談めかしていたが、源三郎の口惜しさは東吾にもわかった。盗賊の化けた蕎麦屋の蕎麦を食って帰ったのでは、八丁堀の面目丸つぶれである。

「なに、そういったものでもないさ」

東吾は笑った。

「今まで誰も正体のつかめなかった相手の顔を俺達は二人みたのだ」

下谷を出る頃は、夜になっていた。

道のすみを白い浄衣を着た男と女が三、四人、ひとかたまりになって歩いて行く。どれも老人で、念のため、弥五郎の下っ引が名を訊《たず》ねていた。

「谷中の七福神詣ですよ」

谷中の七福神を信仰する者は昔から多かったが、無論、賑《にぎわ》うのは元日から七草までとされていた。

「近頃の七福神ばやりで、一足先に正月が来ちまったようで……」

夜廻りをすれば、必ず一組や二組は出くわすという。

「信心に野暮な十手をふりまわして申しわけがございませんが、昨夜のことがございましたので……」

ということは、昨夜まで七福神詣に限って夜中徘徊していても、誰何《すいか》されることはなかった。

「まあよっぽど大勢の時は声をかけましたが、二、三人で詣《まい》ります分には……」

「昨夜、夜廻りの時にも七福神詣には逢っているのか」

東吾がきく。

「いいえ、昨夜はございませんでした。ただ朝になりましてから、帰って行くのをみかけたくらいで……」

ちょうど、東吾や源三郎が調べを終って帰る直前、四、五人が疲れ果てた足どりで歩いて行くのを、若い者がみたという。

「別にあやしい者ではございませんでした」

浅草竹町の醬油酢問屋、西宮屋の人々と、すぐ近所の柳屋という蕎麦屋の主人、東兵衛というものの四人連れだったという。

気の重い顔の源三郎を伴って、東吾は「かわせみ」へ帰って来た。

すぐ、酒が出て、るいの心をこめた膳が並ぶ。

「一つ、気になっていることがあるんだ」

盃を手に考え込んでいた東吾が口をひらいた。

「奴らは松田屋の二階で車座になって蕎麦を食った。おそらく、伊勢屋からひきあげて来て、松田屋で一息入れてからのことだろう」

その蕎麦の仕度は誰がしたのか、といわれて源三郎が答えた。

「一つは賊がおどして松田屋の主人に作らせたという見方ですか」

殺された状況は夜具の上に起き上ったばかりという恰好で、

「あれは、押し込まれてすぐに殺されたとみるほうがよいでしょう」

とすれば、蕎麦は、もし前夜に打ってあれば、女が一人、加わっていることだし、うでて汁を作るだけなら、素人でも出来ないことはないと源三郎はいう。

「そりゃ出来ますよ。かけ蕎麦ぐらいでしたら、どなたでも……」

例によってお給仕をしながら話をきいていたお吉が口を出す。

夜が更けてから、源三郎は八丁堀へ帰り、東吾は二夜続けて、るいの部屋へ泊った。

二

翌日、陽が高くなってから東吾が起きたのは、早朝、一度、嘉助《かすけ》を八丁堀へやって、昨夜、例の強盗がどこかへ押し込んでいないか問い合せてからで、

「今のところ、どこからも知らせはございませんそうで……」

嘉助が戻って来て報告してから、又、眠り込んだ。

「お疲れなんでございますよ、畝様もなにかというと、東吾様をあてになさるから、困りますよ、そんなことで定廻りの旦那がつとまりますものか」

お吉がきいたふうなことをいい、るいはひそかに頰を染めた。東吾の若い体が一向に疲れ知らずなのは、るいが一番よく知っている。

遅く起きて、東吾は飯はいらないという。

「だって、もうお午ですよ」

ちょっと浅草までつき合ってくれといい、東吾はるいを連れて大川端から舟を出した。

大川はもう冬景色で、水の色も冷たい。

「あっという間に暮が来ますね」

せまい舟の中をいいことに、東吾に寄り添って、るいはうっとりと呟いた。

舟を下りたのは竹町の渡しで、そこから歩いてすぐのところに柳屋という蕎麦屋があ

った。店がまえも大きく、奉公人、職人の数も多い。

「おいしいんですか、こちらのお蕎麦……」

わざわざ大川端から食べに来た理由を、るいはそう解釈したようである。

種物をるいの分と二つ、別にかけ蕎麦を東吾は註文した。

「よろしいんですか、腹も身の内っていいますでしょう」

酒は飲まず、東吾はかけ蕎麦から食べはじめた。あっという間に二人前を平らげて、蕎麦湯を飲む。

「やっぱり、蕎麦屋の蕎麦は違うな」

「かわせみ」でも、時折、嘉助が蕎麦屋からもらって来たのを、お吉がうでて、汁を作って食べさせるが、

「それはそれで旨《うま》い。しかし、蕎麦屋のとはどことなく違うんだ」

どっちかといえば、お吉が作るほうが煮干も上等だし、昆布や鰹節もたっぷりしていて、味からいえば遥《はる》かにこくのあるものが出来ているのに、

「素人くさいっていうんですか、やっぱり一度に沢山作るってのがいいのかも知れませんね」

るいは素直に合い槌を打っている。が、この辺になると、るいも東吾がただ柳屋の蕎麦を食べに来ただけではないと気がついていた。

果して東吾が足をむけたのは並木町にある岡っ引、勝七の家で、ここは表向き、鶴の

湯という風呂屋をいとなんでいる。

勝七は店の裏に当る自宅で昼飯を食っていたが、東吾の顔をみると、慌《あわ》てて膳を片づけさせた。

「かまわないんだ、俺達もそこですまして来たばかりでね」

畝源三郎の手札をもらっている岡っ引だから、当然、東吾の顔も知っている。

「そこの柳屋という蕎麦屋は古いのか」

茶をもらって、東吾はさりげなく切り出した。

「へえ、あっしが餓鬼の時分からあります」

勝七が二十八だから少なくとも二十年前からあの場所で商売をしているらしい。

「今の主人がはじめたそうで、三十すぎてあの店を持ったんですから」

近所の評判も悪くはない。

「あそこで修業した職人も何人か店をもっていますが……」

思い出したように膝を進めた。

「下谷の松田屋って蕎麦屋が皆殺しにされたのを御存じですか。あそこの主人っていうのも、前は柳屋の蕎麦職人をしてたんです」

昨年の秋まで働いて、親父が体を悪くしたので暇をとって下谷へ帰った。

「それじゃ柳屋の主人は昨夜のことを知っているな」

「へえ、昨日、知らせが来まして下谷へとんで行って、葬式万端、指図をして来たようで、今夜の通夜にも行くそうです」

「すまないが、一緒に来てくれないか」

柳屋の近くまで行き、東吾は勝七に柳屋の主人を裏口へ呼び出させて、

「おとといの夜、谷中の七福神詣に行かなかったか、きいてみてくれ」

勝七は心得て柳屋へ行ったが、やがて裏口に六十すぎの温厚そうな男と並んで出て来た。

東吾が首をふった。

「違う、あいつじゃなかった……」

やがて、勝七が東吾のかくれているところへ戻って来た。

「おっしゃる通り、谷中の七福神様へ夜詣りに行ったそうでございます。帰り道に、ふと、下谷の松田屋へ寄ってみようかと思ったが、連れもあることだし、早朝に厄介をかけても気の毒と思い直して帰って来たと申して居ります」

「そうか……」

見込みがはずれて、東吾はがっかりしていた。松田屋の亭主は五十がらみ、人相も体つきも、たった今みた柳屋東兵衛とは全くの別人である。

帰りは浅草へ出て、るいが観音様へお詣りをし、こまかな買い物をして舟宿へ寄った。

「谷中の七福神様も有名ですけど向島の七福神様も、ここんとこ、お詣りは多うございましょうね」

舟の仕度の出来る間、るいが気さくに舟宿の女主人に声をかけている。

「やはり多うございますが、舟で行かれると御利益がうすくなるとかで、皆さん、はるばる吾妻橋を渡っていらっしゃいますんで……」

その割に舟宿のほうは御利益を蒙《こうむ》らないという。

「向島の七福神ってのは、どこにあるんだ」

舟に乗ってから、東吾が訊いた。

「罰が当りますよ、そんなことをおっしゃると……」

正月には店中そろってお詣りに行っているというるいは指を折って数えた。

「恵比寿、大黒様が三囲《みめぐり》さまの境内、弁天様が長命寺さん、布袋《ほてい》さまが弘福寺さんで、福禄寿さまが花屋敷の内、寿老人さまが白鬚様の境内で、毘沙門天さまが多聞寺さんです。ぐるっと廻るには小半日かかるから、七草までの参詣には、大抵、朝早く大川端を出て夕方の御膳は弘福寺さんの近くの武蔵屋で頂いて帰ることにきまってるんですよ」

そんな話をして帰ってくると、お吉が台所で五人分の弁当を作らせている。

「先程、浅草の西宮屋さんの御紹介で、お客様が五人ほどお着きになりました」

男四人、女一人だが、それが、

「品川のほうの廻船問屋の御家族だそうで、例の七福神詣に今夜から向島へお通いになるそうで、何分とも信心のためだから、よろしくと西宮屋の番頭さんから御丁寧な挨拶がございました」

お詣りは夕方から出かけて翌朝になるので、とりあえず弁当の用意をしているという。

その時の東吾は柳屋での見込み違いが心にひっかかっていて、うっかりお吉の話が耳から耳へ通り抜けてしまっていた。

八丁堀の兄の屋敷へ帰って来て、二夜留守したから、なんとなく神妙に庭草の手入れなどをしていると、

「畝様がおみえですよ」

義姉《あね》の香苗がおかしそうに取り次いでくれた。

畝源三郎は今日も一日歩き廻った顔で、庭のくぐり戸から入ってきた。

秋の陽に焼けてまっ黒になっている。

「浅草の柳屋へ行かれたそうで……」

ちゃんと勝七から報告が入っている。

「源さんも行ったのか」

「手前は西宮屋を調べに行きました」

下谷で、伊勢屋と松田屋が襲われた朝、七福神詣を終えて帰って行った仲間の中に、柳屋東兵衛と西宮屋の名前があった。

「西宮屋の主人は、まだ二十六でして、父親は隠居して居ます。七福神詣に行ったのは、西宮屋の主人親子ではなく、はなれに居候をして居る先代の従兄弟に当る七郎右衛門と申す者で、佐原で醤油造りをしていたが、店を悴にゆずり、時々、江戸へ遊びにくるな

ど、気楽な余生を送って居りますとか。足腰があまり丈夫ではなく、この前は誘われて七福神詣について行ったが、疲れ果て、今日は按摩を呼んで治療をしてもらって居ました」

「逢ったのか、源さん」

「はあ、東吾さんも柳屋東兵衛をごらんになったそうで……」

「どっちも見込み違いらしいな」

源三郎の口ぶりでは、その七郎右衛門というのも、あの朝、松田屋で逢った男の顔ではなかったらしい。

「しかし、柳屋と松田屋には思わぬ糸がつながって居りました」

松田屋の主人が昨年の秋まで柳屋に奉公していたことである。

「そりゃそうなんだが、それだけではどうにもなるまい、世の中、偶然というのは、ままあることだ」

夜食は義姉が用意してくれた。兄の神林通之進《みちのしん》はまだ帰宅していない。

「御奉行も御心痛のようです。なにしろ、大奥からは連日、下手人に関するお問い合せがあるそうですから……」

「まだかまだかとせっつかれたって、役者の媾曳《あいびき》のとりもちをするわけじゃねえんだ。下手人がそう簡単に名乗ってくれりゃ、八丁堀も苦労はない」

憎まれ口を叩いている中に夜が更けた。

「今夜も出かけるのか」

ぼつぼつ帰りかける源三郎に東吾がきいた。

あてのない夜廻りを、この親友はもう幾晩続けていることか。

「向島へ出てみようと思います」

向島には豪商の別宅が多く、近頃は盗賊の被害を怖れて、金を店へおかず、ひそかに別宅へかくす者がふえているという。

「よい智恵のようですが、そうした噂はすぐ世間に広まりますし……」

賊の耳に入れば、別宅はあたりに人家が少ないし、人数も本宅ほどではないから、ねらうには絶好ということになる。

「こだわるわけじゃないが、向島にも七福神があるからな」

何気なくいってしまって、東吾は、はっとした。

「そういえば、かわせみへ泊った客が向島の七福神詣をするといっていた。たしか、あの客をかわせみへ紹介したのは、浅草の西宮屋だといっていたが……」

源三郎がすわり直した。

「いつです、それは……」

「さっきだ、今夜から信心に出るといっていた」

「その客にお逢いになりましたか」

「逢っていないんだ、そいつが……」

どちらからともなく立ち上った。

駈け足で永代橋を渡り、深川を抜ける。

肌寒い夜更けなのに、二人とも汗をかいていた。

細い三日月が出ている。

どこかで犬が吠《ほ》えた。

あてずっぽうにそっちへ歩きかけて、急に源三郎が東吾の袂《たもと》をひいた。

見事な枝ぶりの松が門の上から路上へのびている、その家の入口に、商家の手代風の男が、もう一人の女を抱えるようにして近づいた。

「もし、あけて下さいまし、日本橋のお店に盗賊が入りました。お内儀さんがお怪我をなすって……ようようここまで……あけて下さいまし……早く……」

覗《のぞ》き窓をのぞいた男が慌ててひっこんだ。そのとたん、左右から黒ずくめの男が一人、二人、五人。

「只今、あけます」

戸のむこうで声がした時、源三郎が大きく叫んだ。

「近江屋、あけてはならん、賊だぞッ」

はっとふりむいた黒ずくめの男達の前へ東吾がとび込んだ。

近江屋があけかけた戸を慌ててしめる。

「うぬッ」

大地を蹴《け》って、男が東吾に襲いかかる。身を沈めてやりすごし、東吾が抜いた。

「源さん、手ごわいぞ、用心しろ」

返事のかわりに、源三郎の十手に火花が散った。

女一人に男が六人だった。男たちはそろって身が軽く、人殺しに馴れた荒っぽい太刀風が遮二無二《しゃにむに》、勝負を急ごうとする。

一人はなんとか手取りにしようと東吾は考えていた。殺してしまったのでは、他に仲間がいた場合、手がかりがなくなってしまう。源三郎にも、その気があるようであった。

いきなり、女の手から火が散った。

「危い、源さん」

地に伏せるのと同時に轟音《ごうおん》が上って、白煙と鼻を突く臭気があたりにたちこめる。

盗賊の目くらましとわかっていて、東吾も源三郎も暫《しばら》くは眼があけられなかった。

賊の姿は完全に消えていて、東吾の叩き伏せた男が二人、源三郎が気絶させたのが一人、路上にのびている。

近江屋に声をかけ、源三郎が十手をみせて近所の岡っ引を呼びに走らせた。

「東吾さん、かわせみへ行って下さい。もし、万一、かわせみの客がそうなら、あっちが危い」

「源さん」

提灯の火を、倒れていた男の顔に近づけた東吾がどなった。

「こいつじゃないのか、西宮屋の居候は……」

源三郎が走りよった。

「そうです。七郎右衛門という奴……」

「間違いないぞ、かわせみの客は……」

西宮屋が紹介した客だと、お吉がはっきりいっていた。

東吾は再び、向島から吾妻橋を大川端へかけ戻った。

「かわせみ」の店の前までくると、鉄のぶつかる凄《すさま》じい音が、裏のほうできこえた。

東吾は抜刀したまま勝手知った庭へ出る。

女が立っている。ふりむいて叫んだのを当て身でころがした。女と思って手を抜いたおかげで、さっきはひどいめにあっている。

るいと嘉助が、おたがいをかばい合うようにして、盗賊に向っていた。るいの手に小太刀があり、嘉助は樫の木刀を握りしめている。

東吾は無言で一人を叩き伏せた。脇から叫んで襲いかかった一人の右手が、体をはなれて大川へとぶ。

「畜生ッ」

東吾の脇腹をねらって、最後の一人が体ごと突っ込んだ。

東吾の体が猫のように軽く跳んだ。

「東吾様……」

るいが呼んだ時、男はもう地上に倒れ伏していた。

お吉が狂気のように叫びながら、八丁堀組屋敷の人々と共に走って来たのは、その直後で、驚いたのは、その中に、兄の通之進の顔がみえたことである。

町奉行所の与力が町の捕物に出てくるのは異例中の異例である。

「なに、お吉の知らせをきいたので、八丁堀とはかかわり合いの深いかわせみのこと、間違いがあってはなるまいと様子をみに来たのだ」

お前はいつ来たと苦笑されて、東吾は深川でのいきさつを話した。

その頃には、畝源三郎もかけつけて来ている。

半死半生の盗賊は、その場から八丁堀へひったてられた。

「西宮屋の先代は昔、盗賊仲間だったんだ。金をためて、同じ仲間の柳屋東兵衛と浅草にそれぞれ店を出した。他の仲間も、そのつもりだったが、成功したのは柳屋と西宮屋だけだったらしい」

品川で廻船問屋をやっていた市兵衛というのが、この春以来、店がいけなくなって、女房にしていたのが、やはり以前の盗っ人仲間だったお里で、

「女が男をせっついて、昔の稼業へ戻ったようだ」

それまで市兵衛のところで厄介になっていた仲間の佐太郎とがそろって、七郎右衛門に相談し、七郎右衛門が東兵衛を誘って、仕事をはじめた。

「西宮屋の先代は、体が悪くて、とても仕事は出来ない。悴や店の者は全く、先代の過

去を知らず、七郎右衛門を佐原の醬油屋の主人と信じ切っていたようだ」

七福神詣を流行させたのも彼らで、思いついたのは、

「七郎右衛門、こいつは西宮屋の屋号から恵比寿さまを連想し、そこから七福神詣を思案したらしい」

夜中に信心のため七福神をめぐり歩くというなら、木戸番にみとがめられてもいいわけがきく。

「松田屋には、伊勢屋を襲う時、夜廻りにみつかりそうになって逃げ込んだんだ。東兵衛が松田屋を知っていて、仲間を案内したのだろう」

蕎麦を仲間に作って食べさせたのは東兵衛と岩五郎で、

「岩五郎という奴も、昔、柳屋で職人をやっていたことがあったようだ」

東吾と源三郎のかけ蕎麦を作ったのは岩五郎のほうだった。

「あの時はもう、仲間は七福神詣の恰好をして、松田屋を出てしまったあと、お里と岩五郎が残って後始末をしていたところだったらしい」

それにしても、とるいが笑った。

「いくら向島へ行くのに便利だからって、うちを盗っ人のかくれ家にしようなんて、人を馬鹿にしてますよ」

これでも、昔は八丁堀の飯を食った者ばかりでやっている店なのに、といばっているるいをみて、東吾も久しぶりに明るい顔をした。

「お前が俺の女房だってこと、知らなかったのは千慮の一失だと、盗賊連中、さぞかし今頃、牢屋の中で歎《なげ》いているだろう」

月は変って、大川を行く舟もなにがなしに冬の慌《あわただ》しさを、もう感じさせる。

「すぐですねえ、お正月も……」

来年の七福神詣には、東吾も一緒に行ってくれるといいと思いながら、それは口に出せず、るいはそっと縫い物をとり上げた。

それも、東吾のための冬仕度である。

廊下に足音がして、お吉が炭箱を持って来た。

「今夜あたり冷えますよ、もう炬燵《こたつ》を作ったほうがよかありませんか」

東吾がうたた寝をするにはもって来いだからといいかけて、お吉は間が悪そうに、火桶の炭をつぎ足した。

東吾がいつの間にか、るいの膝枕で寝そべっている。

風のない、おだやかな「かわせみ」の午後であった。

江戸《えど》の初春《はる》

一

その年の初春は、神林東吾にとって、いつもの正月と勝手の違う幕開きになった。

例年なら一人で出かける年始廻りに、兄の通之進が、どういうつもりか、東吾を連れて行くといい出したものだ。

それは、なにも元旦早々、急に思いついたことではなく、暮の中《うち》に、兄嫁の香苗と打ち合せが出来ていたらしく、東吾のために、年始廻りの紋服から裃《かみしも》まで、真新しく用意されてあった。

「やはり、旦那様は東吾様に御家督をお継がせになるお心づもりでございましょう。ひょっとすると、今年あたりから、与力見習として、お奉行所へ御出ましになるようになさるのかも知れませぬ」

町奉行所の与力、同心は表向き、一代限りとされているが、実際には、老年に達すると、その子を与力見習、もしくは同心見習として出仕させ、親が隠居をすると直ちに役目を継ぐというのが常識であった。

神林通之進には、まだ子がない。

次男坊の東吾を他家へも養子に出さず、冷飯食いのまま、家へおいておくのは、一つには、万一の時の家督相続のためと、これはもう、八丁堀の者は大方、承知している。

が、そのおかげで、東吾は二十五をすぎても、まだ部屋住みの居候だ。

だから、通之進や東吾の父親の代から神林家に奉公している用人の鈴木彦兵衛などは東吾の晴れ姿に嬉《うれ》し涙さえ浮かべて、そんなことをいう。

「冗談いうな、まだ四十前の兄上に、今から隠居されてたまるものか」

それは東吾の本心であった。

人はなんといおうと、次男坊の冷飯食いが一向に苦にならない男である。兄がそれを望むなら、一生、兄の傍にいて、力になりたいと思ってもいるし、「かわせみ」の女主人、るいと夫婦のつもりでいる東吾にとっては、むしろ、生涯、無役が有難い。

「いえ、それが、噂ではございますが、上役の方々が御心配下さって、いつまでも東吾様が部屋住みではと仰せられて、旦那様が御隠居なさらずとも、見習の形で御出仕が出来るようお奉行からも直々のお声がかりで、なにもかも首尾よう運んでいるようなことを洩れ聞いて居りますよ」

彦兵衛はいそいそといったが、内心、東吾は考え込んだ。

おそらく、東吾を与力見習にという願いは兄、通之進の口から出たものに違いなく、それを受けた上役は、まだ老年には程遠い通之進を隠居させるに忍びなく、なんとか、兄弟揃って奉行所勤めの出来るよう、破格の取扱いを苦慮しているものであろう。

しかし、謹厳な兄の気性からすれば、そうした上役の配慮に甘えるわけがなく、無事、東吾を与力見習に出せば、遠からず隠居願いを出して、正式に家督をゆずる気であろうと、兄弟だから、東吾には兄の気持が手にとるようにわかる。

兄にそれをさせてはならないと東吾は考えていた。

与力として有能な兄であり、人望も厚い。健康に恵まれていないとはいっても、勤めに支障を来たすわけではなく、まだ十年や二十年は立派に職責を果すことが出来るものを、若隠居を願うのは、一にも二にも、東吾に対する心づかいであり、弟思いの兄なればこそであった。

で、東吾としては、一言でも兄がそれを口にしたら猛然と逆らう気であった。

なのに、年始に連れて歩くだけで、行った先でそれらしいことを兄もいわず、上役も口にしない。

どの屋敷でも、兄弟揃っての年賀を好意をもって迎え、むしろ、兄弟の歿《なくな》った父親の想《おも》い出話に花が咲いたりする。

兄が、もし、弟をよろしくとでもいったら、直ちに反撃に出るつもりの東吾は弱った。

まさか、自分のほうから、そんな話を持ち出すわけには行かない。

年の始めを、東吾は途方に暮れて、兄について歩いた。

やっと、解放されたのが三日目で、

「ちょっと出かけて参ります」

兄嫁の香苗にだけは、神妙にことわりをいって、東吾はまっしぐらに大川端の「かわせみ」へ足をむけた。

門松のある玄関へ近づくと、内から太鼓の音がしていた。

土間に猿廻しの男が立って太鼓を鳴らし、烏帽子《えぼし》に御幣を持った一匹の猿が上りがまちで舞っている。

「おや、東吾様……」

見物していたお吉がみつけ、るいが腰を浮かすのを制して、東吾も立ったまま、猿の芸を眺《なが》めた。

ひとしきり舞って、猿は飼い主の腕へ戻り、るいが祝儀を包んでいる間に、お吉が茶碗に酒を注いで猿廻しに出してやる。

「昨年も来たな」

猿廻しの顔に見憶《おぼ》えがあった。万歳とか猿廻しとか、正月に廻ってくる芸人達には大体、それぞれの持場がきまっているらしく、例年、同じ家に同じ顔がやってくる。

「そうなんでございます。手前どもには、やはり親方がございまして……」

そこから手札をもらって、自分の縄張りを廻って歩く。

「ところが、今年は奇妙なことがございまして……」

酒の勢いもあって、猿廻しの口は軽かった。やはり、毎年の得意先へ猿を連れて行くと、一足先に別の猿廻しが来たといわれたという。

「同業の者が、手前の持場を荒らすわけはございませんし、人相風体をきいても、仲間の者のようではございません。どうもおかしな話でございまして……」

「どこのお店だったんです、その家は……」

面白がってお吉がきいた。

「日本橋の松崎屋さんでございます」

これは大きな仏壇屋で老舗《しにせ》であった。まさか、猿廻しの祝儀を惜しんで、いい加減なことをいったとは思えない。

「猿廻しなんて、そう素人が気軽く出来る商売でもありませんのに……やっぱり、もぐりで稼《かせ》ぐ人もあるんですねえ」

猿を背中に、猿廻しが出て行ってから、るいがいい、改めて、お吉や嘉助が揃って新年の挨拶をした。

「あの、暮にも、お元日にも、お屋敷より、うちのみんなに頂きものがございましたのですよ」

部屋へ落ちついてから、るいが早速、いった。

「香苗様が御自身でお出まし下さいました」

日頃、東吾が厄介をかけていることに丁重な挨拶があり、るいにも、奉公人の全部にも歳暮と年玉をおいて行ったという。

「暮は三十日に、お正月はお元日にお出かけ下さいました」

「そいつは知らなかったな」

兄の指図だろうと東吾はいった。義姉《あね》は気のつく女だが、決して独断で物事をやってのけることはない。

「よろしいのでしょうか」

るいは、おどおどしていた。

「通之進様に、もし、私達のことが知れたとしたら……」

「とっくに知っているさ」

東吾は笑った。

「あの兄上が気づかずにいると思うか。こっちはもう四年越しの深い仲だぞ」

ひき寄せたるいの髪に、銀細工に珊瑚《さんご》をあしらった蝶のかんざしが揺れている。

「これと、櫛《くし》を頂きましたの、立派なものですわ」

細工も見事だが、高価なものでもある。恋人の屋敷から、そうした配慮があったことを喜んでいいのか、怖れるべきか、不安そうなるいであった。

「心配するな、どっちにしたって、俺はるいの亭主なんだから……」

お前の他《ほか》に女房は持たないときめている男の眼にぶつかると、いざという時は、どんなに苦しくとも自分が身を引かなければと決めた覚悟もどこへやらで、るいは、ただ東吾にすがりついて泣いてしまった。

畝《うね》源三郎がやって来たのは、翌日の朝で、東吾はるいと差しむかいで遅い朝飯を終えたところであった。

「正月早々、不粋なことで申しわけありませんが……」

東吾に用があって来たのではなく、宿改めであった。泊り客に疑いがあってのことではなく、ただ、宿帳をみて、不審な人物は泊っていないか、嘉助に確かめるだけである。

知らぬ仲ではないので、居間へ案内し、嘉助がすぐ宿帳を持ってくる。

「例の疾風《はやて》小僧か」

東吾がいい、源三郎がうなずいた。

「又、動き出しました」

元日の夜、京橋の呉服屋で村越屋八郎右衛門というのを襲って、五百両の金を奪い、外へ知らせにとび出した手代の忠吉というのが斬殺された。

二日は二カ所に時刻を変えて押し入っている。本町一丁目の扇問屋、小泉屋五郎兵衛と薬種問屋近江屋加七で、どちらも三百両、四百両と大きな金を盗まれていた。

「暮から正月にかけては、商家によってはかなりまとまった金が入って居ります。そいつをねらっているようで……」

疾風のように押し入って、疾風のように引きあげ、なんの証拠も残さないところから、いつの間にか、誰がつけたのか疾風小僧と盗賊に名がついた。

といっても、一味は一人ではなく、今まで襲われた人々の話では五、六人、いずれも黒装束で、すこぶる身の軽いということがわかっている。

「実は妙なことがわかりました」

るいが立った間に、源三郎がちょっと声をひそめた。

その盗賊が盗みを働きはじめたのは、昨年の十二月に入ってからなのだが、実に押し込んだ家の様子をよく知っている。店から主人の部屋や、金のありそうな場所まで、迷いもせず、まっしぐらにふみ込み、間違いなく奪うものを奪って、それこそ疾風のように引き揚げて行く。

「押し入る家の勝手を心得すぎているようなのが気になりまして、これは、あらかじめ仲間の者が家の様子を探りに入っているのではないかと疑いました」

疾風小僧に入られた家を丹念に調べている中に、面白いことがみつかったという。

「何日か前に、女が来ていました」

「女……」

「客としてです。そして手水場《ちょうずば》を借りているのですよ」

その商家へ買い物にきて、すまないがと厠《かわや》を借りる。暮のいそがしい時だから、店の者も家人も、厠を借りた女にそれほど注意はしていない。

「厠というのは、どこの家でも大方、奥にあるものです。その帰りに家の様子をみようと思えば、出来ないことはないでしょう」

十二月に疾風小僧に入られた家は、残らず、前日もしくは数日前に、女の客が手水場を借りていることが判明した。

「成程、考えやがったな」

敵の手の中がわかれば、商家に触れをまわして用心させることも出来るし、もし、そういう女が現われたら、さりげなく尾行するとか、捕えて仲間の所在を白状させるとか、方法はいくらでもある。

「ところが、いけません」

源三郎が頭をかいた。

「その手口は十二月までで、こっちがそうと気がついた今は、むこうも変えてしまっているようです」

というのは、元日と二日と、押し込まれた家三軒について、徹底的に調べてみたのだが、女客が厠を借りた形跡はない。暮にさかのぼって、そうした事実はないかと、番頭、手代、小僧に至るまで、問いただしたが、

「今のところ、三軒とも口を揃えて、ないと申しております」

「敵もさる者だな」

それにしても、今度はどういう手を使って盗みに入る家の様子を探っているのか。

「又、ふり出しからやり直しです」

「かわせみ」の宿帳には、別に不審な人物はいなかった。

商用で江戸へ来て、足を痛めて、そのまま正月も滞在している佐原の醤油問屋の主人夫婦が一組と、初春早々、縁談のことで江戸へ来た小田原在の母と娘の一組、それから遠州から暮に出て来た若い男で、徳之助というのが一人で泊っている。

「このお方は、京橋の茶問屋、駿河屋徳右衛門様よりの御紹介でございまして……」

駿河屋の取引先の茶畑を営む者の悴ということだが、徳右衛門が打ちあけた話では、

「外へ産ませた悴さんだそうでございます」

母親は遠州のほうの茶畑主の娘で、徳右衛門が若い日、茶の出来具合や買いつけに遠州へ毎年出むいている中に、そういう仲になったらしく、

「今まで、江戸へ呼びよせなかったのは、やはり、歿ったおかみさんの手前もあり、又、親類の思惑も考えてのことだったそうでございます」

それというのも、今の駿河屋の主人、徳右衛門はもともと養子で、三年前に病死した本妻は駿河屋の跡取り娘であった。そんな立場だから、外に作った子をおいそれと江戸へ呼べるわけもなく、

「ですが、徳之助さんというのは、今の徳右衛門さんにとっては、たった一人の男の子に当るんですよ。いわば、外へ出来ても跡取りで」

本妻との間には二人の娘に恵まれたが、妹のほうは十八で嫁に行って、女の子を産んだが間もなく病死し、

「上の娘さんは、どこでどうしたのか、三味線弾きと恋仲になっちまいましてね」

それも、いわば流しの芸人で、素性もわからないような男だから、親は娘のさきゆきを考えて反対したのが仇《あだ》となって、結局、かけおちしてしまった。

駿河屋では手を尽して行方を尋《たず》ね、なんとか二人を江戸へ連れ戻したが、もう、別れさせるのは無理とわかって、娘の好きにまかせた。

「浅草のほうに家作を何軒か持たせて、遊んでいても暮せるようにしてあるってききましたよ。娘さん……お今さんっていうんですが、駿河屋へ出入りもするし、奥むきのことは一切、とりしきっているような話です」

徳右衛門が徳之助を江戸へ呼びよせたが、いきなり店へは入れず、「かわせみ」にあずけたのは、

「一つには、娘さんへの遠慮があるようでございます」

流石《さすが》に嘉助は、駿河屋の内情について、正確なところをきき出していた。

「そんなわけで、家庭の事情は複雑でございますが、あやしい人ではございません」

「かわせみ」の客はそれだけで、もう二、三日もすると年賀のために、江戸へくる客が増えてくるが、今のところは、静かで穏やかな正月に、一息ついている感じであった。

「役目なので……。正月早々、お手数をかけました」

律義に、役人らしくない挨拶をして源三郎が帰ってから、東吾はるいを連れて恵方《えほう》参りに出かけた。

江戸の町は、どこも正月気分で、獅子舞いが通り、万歳が行く。

今年の歳徳神《としとくじん》は深川の富岡八幡に当るとお吉がいうので永代橋を渡って、一の鳥居をくぐった。両側は門前町で、初詣の客めあての店が賑っている。

参詣をすませての帰り道であった。

猿が逃げた、という声がして、東吾もるいもふりむいた。

人が路地を走って行く。

「猿って、猿廻しの猿でしょうか」

るいが気味悪そうにいった時には、東吾はもう路地を入っていて、

「おい、こっちだ」

と、るいに手をふっている。

八丁堀育ちの人間は、いくつになっても野次馬根性が抜けないのかと、るいは可笑《おか》しくなりながら、やっぱり東吾について走って行った。

人だかりがしているのは、黒塀に見越しの松という妾宅のような一軒だが、住んでいるのは高利貸の按摩夫婦で、女房はもと深川にいた女だという。

「猿廻しの猿なんですよ。そこの入口のところで芸をしていたんですがね、なにに驚いたのか、いきなり、徳の市さんの家へ逃げ込んで、今、猿廻しが摑《つか》まえに入ってますよ」

その猿は家中を走り廻って、手を焼かせたあげく庭の松の木の上でちぢこまっている。結局、近所の若い衆が木に梯子《はしご》をかけ、猿廻しが登って行って、やっと猿を捕えて来た。

「まことに、とんだ粗相を致しました。申しわけございません」

がみがみと口汚く罵《のの》しっているのが、徳の市らしく、その前で、痩《や》せぎすな猿廻しは小さくなって詫びをいっている。

「畜生のことじゃあねえか。いい加減に勘弁してやりゃあいいのに……業《ごう》つくばりが、正月早々、けちな叱言《こごと》をいいやがって……」

近所の若い衆が猿廻しの肩を持つところをみると、徳の市の評判はあまりよくないらしい。

「ひどいことをして金を貯《た》めてるっていいますよ、貸した金がとれねえと、娘っ子をすぐ深川あたりに世話してやるとかなんとかいって叩き売ってね。お天道様《てんとさま》は不公平だよ。あんな野郎のところにも、人並な正月がくるんだからね」

果てしのない悪態をきいていると、やがて肩に猿をのせた猿廻しが、とぼとぼと路地を出て行った。

二

七草をすぎても、疾風小僧の跳梁《ちょうりょう》はやまなかった。

日本橋から神田の裕福な商家が襲われるかと思うと、深川本所がやられ、浅草下谷まで広がって行く。

盗むのは金だけで、抵抗したり逃げたりする者は必ず斬られた。

「暮には商家ばかりでしたが、正月になってからは、商家に限らず、金のありそうな家なら相手かまわずというところです」

寺がねらわれ、家主がやられ、金貸しが襲われた。

十二月のように、女客が来て厠を借りるという方法は全く、影をひそめてしまっている。

「どこなんだ、やられたのは……」

源三郎がひろげた被害者の屋号や主人の名など、ぎっしり書き込んだ帳面をのぞいていて、ふと、東吾は、

「徳の市」

の文字をみつけた。住所は深川の黒江町で按摩、金貸業とあるところをみると、間違いなく例の家である。

「徳の市がやられたのか」

「御存知ですか」

源三郎が意外そうな顔をする。

「猿が逃げたんだ」

富岡八幡の帰りのさわぎを話すと、源三郎が眼を丸くした。

「徳の市は、殺《や》られましたよ」

金惜しさに、首領らしい男に武者《むしゃ》ぶりついて、ばっさりやられた。

「女房は、又、深川へ出るような話ですが」

近所は誰も同情しないし、徳の市の葬《とむら》いにも来なかったという。

「人間、勝手なものです、金を借りる時はえびす顔、返す時は鬼の顔とは、よくいったもので……」

源三郎が苦笑した時、東吾は帳面の中からもう一つの名前を見つけ出した。

「日本橋、松崎屋、仏壇屋か……」

どこかで耳にした名前だと思った。

「仏壇屋と昵懇《じっこん》になるのは、まだ早いでしょう」

源三郎に笑われて、東吾は少し黙り込んだが、やがて思い出した。

「かわせみで聞いたんだ。猿廻しが……かわせみへ毎年来る猿廻しなんだが、そいつが持場を荒らされた。つまり、自分のお得意先と思って行った松崎屋に、一足先に別の猿廻しが来て稼いで行ってしまったという話だ」

「又、猿廻しですか」

ぽつんと源三郎が呟き、東吾は思わず源三郎をみた。

「源さん……くさいぞ」

徳の市の家へ来た猿廻しは、猿が逃げて徳の市の家の中に入っている。

「かわせみ」へ来た猿廻しが、自分の得意先だといった松崎屋には、彼ではない別の猿廻しが行っていて、その松崎屋には疾風小僧が押し入った。

「東吾さん、御同道願えますか」

二人は八丁堀をとび出した。

行った先は日本橋の松崎屋で、成程、五百両からの金を盗まれるだけあって、立派な店がまえであった。

「あの時、盗まれた金は、ちょうど仙台様からの御註文の品を暮にお納め申し、代金を頂戴したのが、そっくり手文庫にございまして……金はまだしも諦《あきら》めますが、斬られた奉公人のことはとり返しがつきません」

老番頭が斬られたことをいう。

「手むかったのか」

新米同心のような顔をして東吾がきいた。

主人は手を叩いて、手代を呼んだ。

「あの時のことを、お話し申し上げるように」

若い手代は幸助といい、老番頭の息子であった。父親と同じ部屋に寝起きしていたものだ。

「父は年寄でございまして、夜中に必ず用足しに起きます。その折、もう一度、店の戸げられた。

じまりをたしかめるのが、長いこと、習慣になって居《お》りまして……」

その夜も、父親が起きて行くのを、夢うつつの中に気づいていたという。

「出て行ってすぐに、もの凄い声がきこえまして……」

「はね起きて、部屋の外へ出ると、鼻先に白刃を突きつけられ、あっという間に縛り上げられた。

「番頭は、店へ出たところで斬られて居りました」

主人が話をつないだ。おそらく物音をきいて慌てて店へ出ようとした出会い頭《がしら》をやられたもののようであった。

「番頭が戸をあけたということはないのか……」

得意先の名を使って、夜中に大戸を開けさせる盗賊の例がある。

「いえ、それでしたら番頭は土間に倒れて居りましたでしょう」

斬られていたのは奥と店との境目のあたりで、それは一緒に寝ていた悴が、父親が出て行ってすぐにもの凄い声をきいたといっているのと平仄《ひょうそく》が合う。

「その晩の戸じまりは……」

これだけの大店だから、戸じまりはかなり厳重な筈である。

「それは、間違いなくしめてございました。奉公人がしめ、そのあとを番頭と手前が一つずつ、確かめて居ります。閉め忘れるなどということがあろうわけはございません」

すると、その厳重な戸じまりを盗賊はどうして開けて入ったものだろうか。

「つかぬことを聞くが、疾風小僧の一味が押し込む前に、当家に猿廻しが来た筈だが」

源三郎が穏やかにいった。

「参りました。あれは、たしか元旦でございます。いつも参りますのとは違う顔でございましたが……」

別に気にすることもなく、猿の芸をみんなで見物した。

「その折、なにか、変ったことは……」

「はい……、翌日、いつも参る猿廻しが参りまして、手前に取り次げば、折角、来たのですから、祝儀だけでもいつも通りやりましたのに、若い奉公人は、昨日、別のが来たと申して帰してしまいまして……気の毒なことを致しました」

それと、元旦に来た猿廻しの猿に、娘のお千代が菓子を与えようとしたら、猿が驚いて、奥へとび込んだという。

「飼い馴らした猿でございますから、猿廻しが奥へ入って呼びますと、間もなく参りまして……あのような時に、なまじ、ものをやってはいけないと娘を叱《しか》ったり致しましたが……」

東吾と源三郎は、内心、凱歌《がいか》をあげて松崎屋を辞した。

その一日中、源三郎の指図でお手先は八方にとんだ。

疾風小僧に押し入られた家には、必ず数日前、もしくは当日の午《ひる》、猿廻しが来ていた。猿が逃げて、猿廻しが猿を捕えるために奥へ入っているのも、同様である。

一方、別のお手先は猿廻しの太夫元を訪ねて、手札をもらっている猿廻し達から話をきいた。

疾風小僧が襲った家へ行った猿廻しは一人も居なかった。中には、「かわせみ」へ来た猿廻しのように、自分の得意先と思って行ったら、別のが来ていたという者もいる。はっきりしたのは、その猿廻しは疾風小僧の一味であり、太夫元から手札をもらっていない偽猿廻しだということである。

東吾は、その報告を「かわせみ」で待っていた。

「どうしたものでしょうか、とんだ相談を持ちかけられて困っているんですけれど……」

例の駿河屋の徳之助のことで……。

「実は五日の日から、お店のほうへ引きとられて、うちのお客じゃないんですけども……」

昨日、不意に訪ねて来て、るいに相談に乗ってくれといい出した。

「帰りたいっていうんですよ、遠州へ……」

故郷には母親がいるという。

「わたしは、別に駿河屋の跡取りになりたくて江戸へ来たわけじゃありません。おっ母さんが、江戸へいって、とにかく、お父つぁんの気持をきくだけでいい、親孝行だと思って行って来いというから、出て来たんです」

遠州には広い茶畑を持っていて、子供の時から茶畑の中で育って来た。

寒い朝は、夜明け前から畑へ行って茶の木に霜よけを厚くしたり、葉を寒気からかばうために藁《わら》をかぶせたりするという。

「山の気温は油断すると、茶畑をひどいことにしてしまいます」

自然と戦いながら、良い茶を育て、茶摘みへたどりつくまでの生活は自分にとってはなによりも生甲斐のあることだと、徳之助はいった。

「お父つぁんの気持はありがたいのですが……」

江戸には止まりたくないときっぱりいう徳之助の言葉のかげには、やはり複雑な駿河屋の事情があるからで、

「世の中、何事も繰り返しだといいますけども因縁って怖いと思いましたよ」

そもそも、今の徳右衛門が、先代の長女の聟《むこ》になって駿河屋を継いで、

「最初のお今さんが生まれた同じ年に、隠居していた先代が、こともあろうに、よそに子供を作ったんですよ」

すでに六十になっていた先代が、当時、清元に凝《こ》っていて、その清元の師匠の妹で、二十一になるのを妾にしていた。それが、男の子を産んだのである。

「たいしたもんだな。なにも、聟に張り合って精出すこともあるまいに……」

東吾は笑ったが、るいは真面目な顔で答えた。

「その男の子が、駿河屋の今の番頭さんなんですよ」

喜之助といい、子供の時から駿河屋へ奉公という形でひきとられて、そのまま、小僧、

手代とつとめあげ、今では、主人の徳右衛門の片腕ともいうべき存在になっている。

「主人はやりにくくねえのかな。番頭といったって、順当に行けば、駿河屋の跡取りだ」

「ええ、でも、年が違いすぎましたから……」

娘のお今と同じ年だから、今年、三十歳、徳右衛門は六十二歳であった。

「あたしが皮肉だっていうのは、その徳右衛門さんが結局、先代と同じことをやってるわけですよ」

娘のお今が三味線弾きとかけおちするような年齢になってから、遠州の女に徳之助を産ませた。

「しかし、お今の亭主は芸人だ。まさか、駿河屋を継ぐわけには行かないだろう」

「そりゃそうですけど、忌々《いまいま》しいと思ってるかも知れませんよ。他の女に出来た弟が、突然、店の財産洗いざらい貰《もら》うってことになれば……」

例によって、傍で話をきいていたお吉が口をはさむ。

「それに、番頭の喜之助って人だってどうでしょうか。筋からいえば、この人のほうが駿河屋の血筋なんだし、お今さん夫婦が店を継がなけりゃ、自分が駿河屋の跡をとることになるかも知れないと思ってるところへ、徳之助さんが現われたんですから、いい気持はしないと思いますよ」

徳之助が遠州へ帰りたいといい出したのは、そうした相続争いに巻き込まれたくないと思ったからだろうと、お吉は盛んに徳之助に同情する。

「帰りたかったら、帰りゃいいじゃないか。子供じゃないんだ。大の男がうろうろすることはない」

「徳右衛門さんの具合が悪いんですよ」

るいがたしなめるように東吾へいった。

「親が病気なのに、捨てても帰れないじゃありませんか」

「それで、るいはなんと返事をしてやったんだ」

「考えておくから、二、三日したら、又、遊びにいらっしゃいって……東吾様に相談してみようと思うから……」

「そういわれたって、俺も返事のしようがないさ」

投げたようなことをいうくせに、そこはるいに甘い東吾だから、これから駿河屋へ茶を買いに行こうという。

「だって、あちらは茶問屋ですよ」

「こっちだって宿屋商売だ。問屋で買って悪いわけはあるまい」

東吾がいえば、お吉までが調子に乗って、

「そうですよ、お嬢さん、一年分のお茶をまとめて買っておいでなさい」

けしかけた。

すでに暮れかかっている中を、京橋まで行って、るいは赤くなりながら、茶をわけて

くれといいにくそうに頼んだのだが、

「申しわけございませんが、手前共では小売りは致しませんので……」

と慇懃《いんぎん》にことわったのが、どうやら番頭の喜之助らしく、これは暗い顔をした気の弱そうな男である。

「どうしましょう」

るいが途方に暮れて東吾をみると、東吾はまじめな顔で、

「そりゃ残念だが致し方あるまい」

といった。

「当家の茶は遠州物で旨《うま》いときいて来たのだが、それでは茶を一服所望したい」

るいのほうは、再び、真っ赤になった。果して、番頭以下が顔を見合せている。それでも、

「承知いたしました。只今……」

と番頭が答えたのは、東吾の侍姿をみて、もし難癖でもつけられたらと懸念したからに違いない。

店先に腰をかけて、東吾はのんびりと辺りを見廻している。

「なんだって、茶問屋へ来て、茶をくれだって……うちは水茶屋じゃないって、いってやったらいい……」

奥のほうから筒抜けの声がして、つぶし島田の女がひょいと顔をのぞかせた。

鼻筋の通った美人だが、眼許《めもと》に嶮《けわ》しいものがある。

「あんたがお今さんか」

東吾がずばりといった。

お今の眉が上ったが、そのまま、ぷいと奥へひっ込んだ。

待つほどもなく、今度は十七、八のかわいい娘が茶碗を二つ、うやうやしく捧《ささ》げて持って来た。

「粗茶でございます」

丁寧にお辞儀をした。木綿物の着物に奉公人のような帯、茶碗を差し出した手は水仕事で荒れている。

身なりは奉公人だが、口のきき方や物腰がただの女中のようではなかった。

「あんた、名は……」

再び、東吾がきく。娘は不安そうに東吾をみたが、

「小夜と申します」

ちいさな声でいって、又、お辞儀をした。

「造作をかけた……」

立ち上りしなに、東吾は一分銀をさりげなくおいた。

「茶代だ」

もし、お武家様と、慌てた番頭の声が追ったが、東吾もるいもふりむきもしない。

「あきれた方……」

「かわせみ」へ帰ってかるいが笑った。

「病気で徳右衛門さんは出て来ないし、徳之助さんも店へ来なかったから、こっちの素性は知られずにすんだけど、顔から火が出る思いでしたよ」

「お小夜ってのは、なんだ」

東吾の関心は、むしろ、そっちだった。

「それは、お今さんの歿った妹さんの忘れ形見ですよ」

母親の死んだあと、父親が後妻をもらったので居にくくなり、母親の実家にひきとられた。

「お今さんには姪《めい》に当るんですけれど、自分からよく働いて……徳右衛門さんの看病だって、その子がやってるそうですよ」

お吉がしたり顔で説明した。

「徳右衛門さんの気持じゃ、お小夜さんと徳之助さんを夫婦にして、駿河屋をゆずりたいようですけど、お今さんが反対してるっていいますから……」

そんな情報は、徳之助の口からきいたのではなく、お吉や嘉助が、それとなく、駿河屋に出入りの商人から聞き集めたものらしい。

「お前達の野次馬ぶりにはおそれ入ったよ」

笑っていた東吾だったが、それから二日後、思いがけないところで、お今と、その亭主に出会った。

その夜は、源三郎と、例の疾風小僧の張り込みで、猿廻しが一味の仲間とわかったものの、その猿廻しが、江戸のどこの家を廻ったのか、聞き込みを続けているが、なかなか手がかりがない。

今のところ、それらしい猿廻しが出没したのは、本石町の菓子商、長谷倉と、神田の米問屋、三河屋、同じく水油問屋、嶋屋というのが張り込みの対象になっている。

その夜の東吾と源三郎は神田を張っていた。敵はいつ現われるかわからない。

「猿を使って、おそらく掛け金をはずさせているのだろうが……」

腹ごしらえに夜啼《よな》き蕎麦を食べながら、そんな話を低声でしていた東吾がふと黙ったのは、夜啼き蕎麦の親父が屋台をすえている川っぷちの、その狭い川向うに女が立っていたからである。

手拭《てぬぐい》を吹き流しにかぶっている横顔がどうやらお今で、その前に四、五人の男が集まっている。

「流しの芸人のようですな」

東吾の視線に気づいた源三郎がささやいた。

成程、三味線を持った男が何人か居る。

「これから稼ぎに出かけるのでしょうか」

爪《つま》びきが聞え、男達が三つに分れて、歩き出した。

一番最後のがお今と連れの男で、お今はやはり三味線を抱えているが、男のほうは背中に赤ん坊を背負っている。

その二人連れが小橋を渡って、屋台のほうへ歩いてきたので、東吾は川っぷちへ顔をそむけて蕎麦をたぐった。

足音は屋台の前を通りぬけて行く。

「今夜は、おいて来たほうがいいよ」

女の声が聞えた。

「かえって邪魔だし、あたしが居るんだから……」

男が女を制し、足早やに通りすぎた時、屋台の親父がそっといった。

「はあてな、けもの臭いねえ……」

たしかに、かすかだが、けものの異臭が夜気の中に残っている。

東吾が源三郎をみた。

「猿ですか」

男の背中の赤ん坊である。

金を払って、東吾と源三郎の追跡がはじまった。

途中でお今と男が別れる。

お今は東吾が、男は源三郎が尾《っ》けた。お今が帰って行ったのは、京橋の駿河屋であった。

三

同じ時刻、「かわせみ」には徳之助が来ていた。

「お小夜さんに頼んで、寝たということにしてもらって、抜け出して来たんです」

夕方、徳右衛門が枕許へ徳之助を呼んで、お小夜と夫婦になって、駿河屋を継ぐように命じたという。

「自分は、もう長いことはない。眼の黒い中に、祝言をしてくれといわれて……」

徳之助は赤くなった。

「それで、遠州へ帰るのは、やめたんですか」

相手の気持がおおよそわかりながら、るいは、ちょっと意地悪く訊《たず》ねた。

「いえ、わたしは店を継ぐより、茶を作っているほうが性に合っています。そのことはお小夜さんにも話しました。あの人も、そのほうがいいって……」

再び、照れくさそうにうつむいてしまう。

「徳右衛門さんに、そういったの」

「いえませんでした。めっきり弱って、心細そうなお父つぁんをみては……とても……」

苦しげにいい、徳之助は嘆息をついた。

「手前は、江戸へ出てくるんじゃありませんでした」

「そんなことはないでしょう。お小夜さんに逢えたのは、江戸へ出てきたからだから、遠州にいたら、一生、逢えませんよ」

るいがいったのが、図星だったらしく、徳之助は絶句し、両手を突いてしまった。

「手前は親不孝者でございます。お小夜さんと夫婦になれるなら、遠州に待っている母を一人にしてもよいと思ったり、お小夜さんが遠州へ行くといってくれれば、病床の父をおいても帰りたいと思い……」

二人の親の間に、はさまって身動きが出来なくなった若い男は大粒の涙をこぼした。考えてみると、徳之助は、まだ十六歳になったばかりである。

その時刻、東吾は、ちょっと迷った。

一度、駿河屋へ入ったお今が、再び、裏から忍び出たからである。今度は黒い布で顔をすっぽり包んでいる。

東吾のところには、この時、源三郎が連れていたお手先の長助という者の下っ引で磯松というのがついていた。長助は源三郎について行っている。

やむなく、東吾は磯松を駿河屋へ残してお今を尾行した。

その時の東吾にしてみれば、まさか今夜、襲われるのが駿河屋とは夢にも思わず、そうと知ったら、駿河屋へ残るのだったというのが、あとあとの無念になった。

お今はかなり早足で歩いて行く。東吾は汗をかいた。尾行は源三郎と違って馴れてはいない。

驚いたのは、お今の歩いて行く方角が大川端だったからである。

しかも、彼女の足が止ったのは、「かわせみ」の前であった。戸を叩く。

応対に出たのは、嘉助であった。

「私は京橋の駿河屋から参りました」

油断なく、外に立って、あたりを見廻した東吾の耳にお今の声が聞えた。

「こちらは、もと、お奉行所にかかわりのあるお方の家と承《うけたまわ》って、知らせに参りました。今夜、手前どもに疾風小僧の一味が押し入ります……」

驚いたのは、東吾も嘉助も同じだったが、その時、お今が声をあげたのは、るいと一緒に徳之助が奥から出て来たためである。

一瞬、お今は鬼のような形相になった。

「あんた、どうして、ここに……駿河屋にいるとばかり……」

東吾がずかと土間へ入った。

「お今、貴様、仲間の手を借りて、邪魔者を殺す気だったのか……」

逃げ出そうとしたお今に当て身を食わせ、

「お今を捕えろ、俺は駿河屋へ行く」

嘉助に後始末をまかせて、東吾は闇《やみ》の中を走った。その後から徳之助も、「かわせみ」をとび出したらしい。

東吾がかけつけた時、駿河屋では源三郎と長助、磯松が、疾風小僧の仲間六人を相手に捕物のまっ最中であった。

「源さん、すまない」

とび込みざまに、東吾は長助が苦戦していた相手のみぞおちを太刀の柄で強く突いた。出来れば、殺さずに賊を捕えたいのが、源三郎の腹だと承知している。

倒れた賊は、長助がとびついて捕縄をかけた。が、この賊はかなり手ごわかった。命知らずのやくざ剣法は、うっかりするととんだことになる。

それでも六人の賊を叩き伏せて、東吾と源三郎はくぐり戸から店へ入った。

あっけにとられたのは、そこに思いがけない光景を見たからである。

お小夜が徳右衛門をかばうようにして土間に追いつめられていた。その前に脇差をふりかぶった男が一人、喜之助であった。

源三郎の手から十手がとび、喜之助はあっけなくお縄にかかった。

「お小夜……お父つぁん」

息を切らしてかけ込んで来た徳之助が、お小夜と父親に抱きついた。


「お今の亭主は疾風小僧の一味だったんだ。昔の仲間で、お今と夫婦になってからは悪事から遠ざかっていたようだが、仲間が島から帰って来て、又ぞろ、誘われたものだそうだ」

初午まで、あと幾日という「かわせみ」の居間はもう春らしい陽の光がさし込んで、そこから見渡せる大川も、きらきらと輝いてみえる。

「お今が駿河屋へ入りびたっている間に、亭主のほうは仲間と悪事を働いていた。最初、お今は気づかなかったらしいが、その中、亭主の正体に感づき出した」

すでに亭主に愛想をつかしていたお今は、それを利用して、駿河屋を自分のものにし、同時に亭主とも完全に別れられる方法を考え出したものだ。

「まず、疾風小僧の一味に駿河屋を襲わせて、邪魔な徳之助を殺させる。自分はお上に訴え出て、一味をお縄にすれば、無論、亭主も島送りか、獄門か、どっちにしても二度と娑婆《しゃば》には戻れない。自分は実家へ戻って、駿河屋の財産を一人占めする魂胆だったのさ」

番狂わせの一つは、番頭の喜之助で、

「疾風小僧の一味が店を襲ったと知って、徳右衛門とお小夜を殺す気になったのは、罪を賊へ着せるつもりと、お小夜に恋慕してお小夜から拒まれ、徳右衛門からもきびしく叱られたのを怨《うら》んでのことだとさ」

そんな喜之助の本心にあったのは、長いこと、日かげで忍従を余儀なくされた男の怨《おん》念《ねん》が、そんな形で爆発したのかも知れない、と東吾はいった。

「それじゃ、店の客でいって、はばかりを借りて、店の奥を調べたのはお今さんですか」

お吉の問いに、源三郎が笑った。

「あれは、お今の亭主ですよ」

芸人で女装の巧みな男が、濃化粧で人眼を騙《だま》した。

決して、後味のいいとはいえない事件だったが、僅かに幸せがあったのは、徳右衛門が思いがけず元気になって、

「徳之助の母親を江戸へ呼んだそうですよ。でも、徳之助は、やっぱり、茶問屋より茶畑のほうが性に合っているといっているそうですがね」

さて、これから先、どうなりますかと源三郎は、お吉の酌でこの正月、はじめての酒を旨そうに飲んだ。

南むきの庭に、梅が一輪、もうほころびている。

湯《ゆ》の宿《やど》

一

その年の江戸は二月になってから大雪が三度もあり、大方の家が屋根を傷《いた》めたり、床下の根太《ねだ》がゆるんだりしたが、そのあと、いわゆる春一番という大風が吹き荒れて、大川端の「かわせみ」の宿もあっちこっち被害を受けた。

屋根屋が入って調べてみると、瓦もすっかり葺《ふ》き直したほうがよかろうということになり、ついで大工も入れてということになると、この際、手を入れたい場所も出来てきた。

もともと、古い家を買ってざっと模様替えして宿屋稼業にふみ切ったものだから、調理場も手狭だし、客間のほうも、もう少しなんとかしたいと欲も出る。

そうなると、屋根職人や大工が入っている状態で泊りの客を受けては、もし、なにか粗相があっては、という慎重な、るいの性格で、とりあえず半月は客をことわって休業ときまった。

「嘉助とお吉を連れて、箱根まで行って来たいと思うんです」

その話をしたあとで、るいがいい出した。

一つには、箱根の塔の沢にお吉の母がいる。

お貞といって、若い時分、まだ八丁堀の同心だったるいの父親のところに奉公していたが、嫁にいって二男一女に恵まれたところで、亭主に先立たれた。で、その時、八つになっていた長男の武一というのを、塔の沢で宿屋をしている兄夫婦に子供がなかったので養子にやり、三つだった次男の幸吉は結城の知人にもらってもらい、自分は五つになったお吉を連れたまま、又、るいの屋敷へ奉公に来た。そうするようにはからってやったのは、るいの亡母で、だからお吉は子供の時からるいの屋敷で育ち、母子で奉公して来た。

お吉は十六で小料理屋へ嫁に行ったが、一年ちょっとで、やはり亭主に死別して、

「亭主運の悪いところまで、おっ母さんに似ちゃったんだから仕方ありませんよ。やっぱり、一生、こちらへおいて頂きます」

たいして悲しそうな顔もしないで、屋敷へ出戻って来た。

お吉の母親は、お吉がそうなってから、塔の沢で宿屋の主人になった長男のところへ引き取られて、幸せな老後を送っている。

て来た。

その母親が、年で体も弱って来たらしく、しきりにるいやお吉に逢いたいとことづけて来た。

「達者な中に、お嬢さまにお目にかかって、くれぐれも、お吉のことをお頼み申しておきたい……」

というのが、いくつになっても子を思う親の心で、それがわかるから、るいも早い機会にお吉を伴って箱根まで行ってやりたいと心がけていた。

もう一つは、畝《うね》源三郎の亡父、畝源吾のお手先をつとめていた男で治助というのが、十五年ほど前に、思うことあって、お手先をやめ、箱根の奥へひきこもってしまったのだが、その治助がお手先時代に親しくしていたのが、るいの父親の小者だった嘉助で、今までにも年に一度くらいは、嘉助にあてて消息を知らせて来ていたが、この正月、手紙をよこして、どうしても相談に乗ってもらいたいことがあるので江戸でない場所で会ってもらえないかと頼んで来ているという。

「手前で、どれほど役に立てるかと思いますが、今まで一度もそんなことをいって来なかった男の頼みなので……」

出来れば箱根まで行ってやりたいと嘉助がるいに話していた。

「ちょうど、かわせみは休みですし、お吉も嘉助も、この五年、盆も正月もなく働いてくれましたので、せめて箱根の湯でのんびりさせてやりたいと思うものですから……」

出来ることなら、東吾にも一緒に行ってもらいたいるいの女心だったが、十日も江戸きますと、東吾が兄の通之進にいえるわけもないのは百も承知していて、諦めていた。

「店の留守はどうするのだ」

東吾がちょっと寂しそうな顔をしたのは、二人が他人でなくなってから、十日も別れ別れになっていたことは滅多になかったからで、

「嘉助の娘夫婦が泊りに来てくれることになっているんです。女中達もいますし……」

「かわせみ」の店のことは心配していないが、

「いやですよ、るいの留守に浮気をなすっては……」

箱根へ発《た》つときめた時から、それだけが心がかりでならないるいである。

「よんど、るいが恋しくなったら、追いかけて箱根まで行くさ」

東吾は満更でもなく笑い、

「来て下さいまし、一日も早く……」

るいは眼を閉じて、せつなげに繰り返していた。

そのるいと嘉助、お吉の三人が江戸を発ったのは、江戸の桜ももう盛りを過ぎようとしているころだった。

品川まで送ってやって、東吾が八丁堀へ帰ってくると、ちょうど奉行所から畝源三郎が退出して来たところであった。

「島抜けがあったそうです」

江戸から罪人が送られる流刑の島、八丈で大がかりな島抜けがあり、殆どは捕まったり殺されたりしたが、二人ばかり行方知れずのままだという。

「いつのことだ」

「先月の二十八日の夜だそうです」

行方知れずの二人は磯五郎に岩松という。

「東吾さんはご存じないと思いますが、十五年ほど前に、江戸を荒しまわった凶賊で獄門首の仁吉という男を首領《かしら》にする一味があったそうです」

あったそうですと畝源三郎がいったのは、彼も亦、たった今、奉行所の記録でその知識を得たばかりで、十五年前といえば、東吾も源三郎も十歳そこそこで、まだ凧《たこ》あげや合戦ごっこが面白かった年頃である。

首領の仁吉は背中に獄門首の刺青《いれずみ》があり、それが仇名になった凄い男で、彼の顔をみた者は必ず殺されるといわれ、捕えられるまで正体がわからなかったが、浅草橋で刀屋の店を出している研師《とぎし》であった。

「盗み、押し込み、人殺しの数を重ねて居りますので、仁吉の他、三名が獄門になり、岩松、磯五郎は遠島になりました」

仲間は他にも居たらしいが、主だった者がお仕置になり、その後は影をひそめてしまった。

「実は、当時、その事件を扱ったのが、手前の父で、それ故、上役から特に呼ばれて、話をうかがったわけです」

「源さんの父上のお手柄か」

「いや、実際に捕えたのは、父から手札をもらっていたお手先の治助という男だったようですが、これはその後、お手先をやめて、今は江戸にいないようです」

そういわれて、東吾は思い出した。

「そいつのことかも知れないな、かわせみの嘉助と昵懇《じっこん》の男は……」

ついでに、るいと嘉助とお吉が箱根へ行った話をした。

「すると、治助は今、箱根にいるわけですか」

十五年前の事件である。島抜けをした磯五郎、岩松の顔を憶えているお手先は何人もあるまいと思われた。

「治助の下で働いていた連中はどうかな、捕物に加わった者があるだろう」

治助がお手先をやめたあとは、誰が彼の持場を継いだのかと東吾はきいた。

「一膳飯屋の亭主で、徳三郎という男のようです。あまり評判はよくありませんが……」

大体、お手先というのは同心から手札をもらって、情報提供や捕物の手伝いをするものだが、奉行所からきまった給料が出るわけではなく、たまに同心から貰う金も高が知れている。彼らの大方は別に職業を持っているが、羽振りのいい者ほど、若い者を養っていて、その連中の小遣いかせぎといったら、まず岡場所を廻ったり、町内の商家へ顔を出したりして、適当なつけ届けを袂《たもと》に入れてもらうことであった。

たちの悪い下っ引になると、なんだかんだと家の中の僅かなもめごとにまで顔を出して納め料をとって行く。

盗っ人を捕えるより、悪質な下っ引を取り締ってもらいたいという町の声がなきにしもあらずの現状であった。

畝源三郎が徳三郎を評判がよくないといったのは、そうした含みがあってのことである。

「ともかく、磯五郎、岩松の件は、古いお手先に知らせておきませんと……」

せかせかと源三郎は八丁堀を出て行った。

柳橋の岡っ引、徳三郎が襲われたのは、その夜であった。

二

その夜は、花冷えというのか、更けてからひどく気温が下った。

夜半から雨になって、明け方までにかなり降ったが、賊はその雨の中を押し込んで、泊り込んでいた若い衆二人を斬殺し、徳三郎もその女房のお篠も、二人の子供と共にむごたらしく死体になっていた。

助かったのは飯炊きの老婆で、これも逃げるところを肩先から斬られたのだが、あまり寒いので寝巻の上に真綿の入った袖なしを着ていたので危うく命をとりとめた。

その老婆の口から、押し込んだのが磯五郎と岩松の他五人とわかった。

「親分にむかって、磯五郎に岩松だと名乗る声がたしかにきこえました。うちの親分がなにかどなっていましたが……」

磯五郎と岩松は徳三郎をすぐには殺さず、刀を突きつけるかして、暫く話をしたという。

「治助の居所を教えろっていってました。ええ、治助親分のことだと思います。うちの親分の前に柳橋でお手先をつとめていた……」

徳三郎は命だけは助けてくれといい、磯五郎は治助の居所を教えたら助けてやると約束した。

「それで、徳三郎は教えたのか」

東吾の問いに、源三郎が顔をしかめた。

「婆さんの話だと、教えたようです。箱根とだけしか徳三郎も知らなかったらしいが……」

賊におどされて、昔、世話になった親分の居所を白状したものの、結局、磯五郎は徳三郎を生かしておかなかった。

「なんのために、治助の居所をきいたのだ」

「おそらく、仕返しでしょう。盗人の逆怨みという奴ですかね……」

許しを得て、これから非公式に江戸を発つと源三郎はいった。

「治助を見殺しには出来ません」

かつては、亡父の下で働いた男だと源三郎はもう手早く足ごしらえをしていた。

「待ってくれ、俺も行こう」

「いや、手前一人で大丈夫です」

「野暮をいうなよ、箱根にはるいが行っているんだ」

東吾は畝の屋敷をとび出した。兄のところへ帰ってみると、義姉の香苗が旅袴や手甲《てっこう》脚絆《きゃはん》まで用意して待っていた。

「大方、東吾様がお出かけになるだろうから仕度をしておくようにと、奉行所からお使いをよこされました」

「兄上が……」

驚いたが、兄ならそれくらいの気が廻っても不思議はなかった。東吾が常に畝源三郎と行動を共にしているのは承知の上である。

「これをお持ちなさいますようにとのことでございます」

香苗の差し出した包には路銀から旅の通行切手まで入っている。別に義姉の心づくしらしく、真新しい肌着の替えから、薬、合羽の類まで旅仕度が出来ていた。

「では、行って参ります、兄上によろしく」

慌しくとび出しながら、東吾はちょっと良心がとがめた。箱根に「かわせみ」のるいが行っているのは、流石の兄も気がつかない筈である。

八丁堀を出たのが正午すぎだったが、二人とも若いし、商売柄、足は早い。

箱根へ着いたのは翌々日の午すぎであった。

治助の住いは、

「おそらく嘉助が承知して居るだろう」

と東吾が先に立って塔の沢の「泉屋」という宿を訪ねた。

そこが、お吉の兄のやっている湯治宿で、帳場で名前を告げると、お吉がころがるようにしてとび出して来た。

「源さんの用事に便乗してやって来たのだ。嘉助は居るか」

照れくさいから、東吾は殊更、鹿爪《しかつめ》らしい顔をしていった。

その声をききつけたように、奥からるいと嘉助が若い女を伴って来た。

「なにか御用の筋でございましょうか」

嘉助がすぐ畝源三郎をみて気がついた。

「実はそうなんだ」

さりげなく辺りを見廻して、東吾は嘉助の耳に口を寄せた。

「昔、源さんの親父のお手先をしていた治助を知っているな」

嘉助がうなずいた。

「これから参るところでございますが……」

ちらりとお吉をみたのが以心伝心で、

「ああそうだ。お信ちゃん、いい江戸からのお土産があったっけ、こっちへお出でなさい」

お吉が若い女を連れて、奥へ去った。

「申しわけございません。今のが治助の娘、ということになって居りますが、本当はそうじゃございません。深い事情は、治助の口からおきき願いとう存じますが、あの子の前では、治助の昔を、どうぞお話しになりませんようにお願い申します」

東吾と源三郎は思わず顔を見合せた。

「それで治助は……」

「こちらでは嘉造という名前になって居ります」

実は今朝早くに訪ねて行くつもりだったが、山道は馴れない者が迷いやすいし、ちょうど今日は、治助の娘が寄木細工を持って土産物屋へおろしに来る日だから、それを待って一緒に行ったほうがよいと勧められ、お信の来るのを待っていたと嘉助はいう。

「嘉造は炭焼きをし、娘が寄木細工の手仕事をして暮しを立てているそうでございます」

箱根名物の寄木細工は、農家の手内職を土産物屋が扱って、旅人に売りさばいている。

「これでございますよ」

この宿の帳場にも、大小さまざまの手箱が並んでいて、泊り客が望めば売るらしい。

先刻の嘉助の目くばせで、心得てお吉と共に奥へ入ったるいが戻って来た。

「るい、早速だが、日の暮れない中に、お信の父つぁんのところへ行ってくる」

東吾が声をかけ、それで、るいがお信を呼んで来た。

「かなり山道を行くようでございますから」

嘉助が注意して、東吾も源三郎も足ごしらえを直した。草鞋《わらじ》の替えも用意する。

「お気をつけて行ってらっしゃいまし」

るいとお吉に見送られて男三人は小柄なお信を囲むようにして宿の裏手から山道へ入った。

これは、いわゆる旅人の通行する街道ではなく、炭焼きや猟師など、土地の者が往来する杣道《そまみち》であった。

山桜がところどころに咲いている。

山の春は江戸よりかなり遅いようであった。

人が一人、やっと歩ける程に道は狭くなり、その足許にすみれが点々と濃い紫に咲きこぼれてもいる。

鳥の声がのどかであった。

やがて谷川に出る。

吊橋を渡ると道はいよいよ道らしくなくなって山の斜面を木と木の間を抜けて遮二無二《しゃにむに》登って行く感じになった。

成程、これでは、馴れない者はどう歩いてよいかわからない。

男三人はともかく、女のお信が息も切らさず先頭を行くのは、山に育った体力で、肌は陽に焼けて浅黒く、物腰は素朴だが、眼鼻立ちの可憐なこの娘を、東吾も源三郎も好奇の目を持って眺めていた。

嘉助の話だと、治助の本当の子ではないという。

娘の年齢は十四か五か、治助が江戸を去ったのが今から十五年前とすると、その前後に誕生したと思われる。

お手先の仕事を捨て、江戸を捨てた治助の理由が、ひょっとするとこの娘にあるのかも知れないと東吾は考えていた。

「お父つぁん」

不意に前を行くお信が嬉しそうに呼んだ。

杉木立を出はずれた斜面に炭俵をしょった男が立ち止って、こっちをみている。

手拭で頬かむりをしているが、体つきは五十がらみで、如何《いか》にも山の炭焼き爺である。

お信が手をふり、治助は手拭をとって、お信の背後から来る三人の男に小腰をかがめた。

走ってお信が近よると、治助は、

「先に家へ帰って、お客さまのために湯をわかしておくれ」

どこか不安そうな娘へ柔和な笑顔をみせた。

「心配することはない。みんな、お父つぁんの大事なお客様だ」

それで安心したのか、お信は兎のように走って斜面のむこうへ消えた。

「これは、畝の旦那の坊っちゃまでございますね。そちらは、もしや、神林様の弟の若様ではございませんか」

治助にいい当てられて、源三郎も東吾も苦笑した。

「八丁堀で何度かおみかけ申しました。お二人とも、まだ、やんちゃな盛りで……」

「かなわんな、そういわれてしまっては……」

だが、治助は背負っていた炭俵を下ろし、地に膝を突いた。

「嘉助どんはとにかく、お二人がわざわざお出で下さいましたのは、もしや、獄門首の仁吉の一味のことではございませんか」

流石に勘がよいと、東吾も源三郎も舌を巻いた。

「どうしてわかる……」

「他にわざわざお訪ね下さる理由が見当りません。まして、畝の若旦那は御用繁多《はんた》と承知して居ります」

源三郎は斜面へ腰を下ろした。

「岩松と磯五郎の二人が島抜けをした。一昨日の夜、徳三郎の家を襲って、お前の居所を訊いたようだ」

治助がうなずいた。

「若様方は、今夜はどちらにお泊りでございましょうか」

泉屋だと答えると、治助は両手を突いた。

「まことに厚かましいお願いではございますが、お信をおあずかり下さいますまいか、事によったら、江戸へお連れ頂ければと存じて居ります」

嘉助に手紙を出して相談したいといったのも、お信のことで、

「あの子も十五になりました、この辺で、手前の手を離れたほうが、本人の素性をくらますのに一番よいことかと思案致しまして……」

「お信の素性とは……いったい、誰の子なのか」

治助が更にうつむいた。

「あれは、仁吉の子でございます」

三度、東吾と源三郎は顔を見合せた。

あの、野の花のように可憐で初々《ういうい》しい娘が獄門首と仇名のあった盗賊の血をひいているという。

「十五年前、お召捕りになった時、仁吉には馴染《なじみ》の女がございました。深川の料理屋の女中で、無論、仁吉の素性は知りません。ただの刀屋とばかり思い込んで居りました」

仁吉は要心深い男で、他にも馴染の女がいたが、決して抱き合う時も肌をみせなかったという。

「仁吉が御用弁になりました時、お信の母親は、たまたま臨月で、金町の知るべに身をよせて居りましたから、やはり、なにも知らず終《じま》いで……」

治助が、その女を知ったのは、仁吉が打ちあけてのことで、

「やはり、間もなく生まれてくる子が心がかりだったのでございましょう。くれぐれも、力になってやってくれといい残して獄門台に上りました」

で、治助は早速、御用の暇をみて、金町を訪ねたのだが、

「お信の母親は難産で苦しみ抜いて歿《なくな》って居りまして、赤ん坊だけが元気に泣き声をあげて居りました」

その赤ん坊は周囲をいいくるめて治助が引き取った。が、江戸にいては、

「忽《たちま》ち、赤ん坊の素性が詮索《せんさく》されます。幸い女房子もございませんでしたので……」

思いきりよく江戸を捨てたのは、それだけ赤ん坊が愛らしく、情が移ったためでもあろう。

「それに、悪人とはいいながら、人が人を捕えて獄門台に送るのは、どう考えても寝ざめのよいものではございません。まして、仁吉のような極悪人にも、可愛い娘が誕生したことを思いますと……」

結局、治助はまだ眼もあかない赤ん坊のお信を懐にして、夜逃げ同然に江戸を出た。

「小田原に知り人がありまして、そこを頼って一年ほど暮しまして……」

それから箱根へ来て働いた。

宿場人足のような仕事から、やがて炭焼きになったのは、なるべく、世間との接触を避けたかったからである。

「今のところ、この辺りでは、手前を江戸から来たと知る者はございません。まして、

お手先をつとめていたとは誰も……」

炭焼き嘉造になり切っている治助ではあったが、

「万一のことを考えますと、お信を手前の手許から離しておくほうが安心のように存じます」

そのために嘉助の尽力を頼みたく、思い切って、たよりを出したと治助はいった。

「まして、岩松、磯五郎が島抜けをして来たとなると、手前の傍にお信をおくのは剣呑《けんのん》でございます。あの子は手前を実の親と信じて居ります」

江戸へ帰って来た岩松、磯五郎がその気になって調べれば仁吉の女が子を産んで死に、その子を治助が引き取ったと、およそ推定がつく。

「手前が怖いのは、奴らの口からお信の素性の知れることでございます」

お信の幸せのために、命に賭けても岩松、磯五郎の口を封じるつもりだと治助はいった。

「お恥かしい話ですが、長年、あの子を育てまして、手前はあの子が他人の子とは思えなくなりました。あの子のために、手前はもう一度だけ、柳橋の治助に戻る覚悟でございます」

治助の眼の中に燃えているものがあった。

子を想う親の心が、仏心のついた初老の男を再び修羅場へ駆り立てようとしている。

東吾も、源三郎も嘉助も声がなかった。

「わかった。岩松と磯五郎は見つけ次第、斬って捨てる。俺達も容赦はしないつもりだ」

治助の案内で、そこからすぐ近くの彼の小屋へ行った。

お信がまめまめしく茶の仕度をして待っている。狭く貧しい炭焼き父子の住いだったが、父と娘が心を寄せ合って生きて来たのが一目でわかる。

「悪い奴がお関所を越えて山へ逃げ込んだそうだ、若い女が山にいては危いというお触れが出た。こちらのお客と一緒に、ひとまず泉屋さんの厄介になっていておくれ」

父親にいわれて、お信は顔色を変えた。

「お父つぁんも一緒に参りましょう、一人にしておくなんて、心配で……」

すがりつきそうな娘を治助はなだめた。

「お前がいれば、悪い男と戦ってもお前を守らなければならない。それこそ怪我の元だ。お前がいなければ、金があるわけではなし、おとなしくしていれば、なんのことはない」

火を入れた炭焼きの窯《かま》のことも気がかりだから、自分は山を下りるわけには行かないと治助は説得した。

「炭が焼けたら泉屋へ来て下さい。それでないと、あたし……」

長い時間をかけて、治助にいい含められ、お信はしおしおと立ち上った。

一人になる父親のために、せめて飯の仕度をして行こうとする。

「そんなことは俺がする。日が暮れると山は足許が危い」

それをみて嘉助がそっとささやいた。

「今夜は手前がここに残りましょう。それなら、お信さんも安心する」

治助は承知しなかった。

「ひとめで江戸の人とわかるあんたがここにいたら、奴らは手前が誰か気がつきます。手前一人なら、ただの炭焼き爺……そのほうが無事でございます」

たしかに、それはそうかも知れなかった。

磯五郎、岩松の一味が箱根へやって来たとしても、嘉造と名を変えている治助の正体に気がつくかどうか、狭い田舎の土地では、なまじ他国者がうろうろしているほうが目立ちやすい。

嘉造という炭焼きのところへ、江戸から来た人間が滞在しているなどといわれるほうが、彼らに不審の念を抱かせ易《やす》い。

とにかく、塔の沢へ戻ろうというのが、源三郎の意見でもあった。箱根にいるという治助の消息を探ろうとすれば、奴らはおそらくどこかの宿に草鞋を脱いで土地の人間に訊ねるのが順当である。

「それとなく、宿を見張ることとです」

塔の沢には、泉屋の他に数軒の湯の宿がある。

「くれぐれも気をつけるように」

東吾も源三郎も念を押した。

「大丈夫でございます。この山は我が家同然、逃げる気になれば、どうとでもなりますから……」

そうときまれば長居は無用であった。炭焼きの小屋に江戸からの人間が三人も来ていると人眼に触れてはまずい。

山の日暮は早かった。谷川から這い上ってくる夕闇が林を乳白色に変えている。

三

塔の沢へ戻った東吾と源三郎は直ちに行動に移った。

塔の沢から湯本にかけての宿に、今日、到着した客をそれとなく調べることで、これには、るいとお吉も加わった。

まず、道中で連れとはぐれたというふれこみで宿を訪ね、今日、着いた客の中に連れがいないかどうかといって宿帳をみせてもらう。

女は男を追いかけて来たという口実を使い、男のほうは途中でつまらぬ口論をして、別れてしまったのだがと理由をつけた。

夕暮から夜にかけて、ざっと宿改めをしてみたが、どうも、それらしいのは見当らない。

徳三郎のところへ押し込んだのは磯五郎、岩松の他、五人ばかりと飯炊き婆が証言している。

その、およそ七人が揃って箱根へ来るかどうかもわからないし、同じ宿をとるかも危ぶまれた。

「まず、何組かに分れて参り、分れて投宿するものと思われますが……」

島抜けの二人を含んでいる。むこうも、人眼につくのは出来る限り避けるだろうと源三郎は判断した。

「ばらばらだと厄介だな」

調べて来た宿に、一人、二人で泊っている男客は幾組かあった。宿帳の上では、どれも素性の知れた商用の客ばかりのように見えるが、どこまで宿帳が信用出来るか当てにはならない。

困るのは、磯五郎、岩松の人相がわからないことであった。

治助に首実検をさせることも考えられたが、それも怪しいと思われるのをみつけた上のことである。あてもなく治助をひっぱり出して、こっちがむこうをみつける前に、むこうが治助を発見したりしてはとんだことになりかねない。

夜の膳は一つ部屋でとったが、東吾は源三郎と同じ部屋にやすむことにした。

「手前に遠慮なさることはありますまい」

源三郎は笑ったが、事件が片づくまでは如何《いか》な東吾でもそんな気になれない。

そのかわり、あずかって来たお信をるいとお吉と同じ部屋に寝かせた。

泉屋の隠居であるお吉の母が行火《あんか》を持って来たのは、五ツ（午後八時）すぎで、

「山の春はあてになりません、夜が冷えて参りましたので……」

少し寒いかも知れないが、野天風呂から月がまことに美しいという。

「ちょうど、山桜も咲いて居りまして、月夜の桜を湯の中からごらんになるのも、旅のおなぐさみになるかと存じます」

そういわれて、東吾と源三郎は湯手拭を下げて渡り廊下を行った。

途中から庭下駄をはいて岩の間を下りて行くと成程、夜目にも白く山桜の咲いている辺りに脱衣所があり、すぐ岩に囲まれた湯壺《ゆつぼ》が白く湯気をあげている。

冷えるといっても、やはり晩春のことで、熱すぎる湯に入って、十六夜《いざよい》の月を眺めるのは、なかなかの風情であった。

暫く、無言で月をみていると、泉屋のとは逆の脱衣所のほうで女の声がした。

湯へ入った時に気がついたのだが、この野天風呂は泉屋だけではなく、谷川沿いにもう一軒ある宿からも入湯出来るようになっているらしい。

女の声は派手であった。深夜で辺りに人がいないと安心しているのか、遠慮のない嬌声《きようせい》と含み笑いが東吾と源三郎を辟易《へきえき》させた。

「上りましょうか」

女は男連れらしい。不粋はしたくないという気持がこっちの二人にはあった。

早々に東吾と源三郎が湯を上った時、岩のむこうで水音がして、女が湯に入ったらし

い。

「驚きましたな」

江戸の湯屋では混浴は御法度だが、こうした湯の宿では湯治という建前から男と女が一つ湯に入る。

庭から渡り廊下へ上るところで、やはり野天風呂へ行くらしい老人二人とすれ違った。二人とも髪はまっ白で、体つきはしゃんとしてみえるが相当の老齢であろう。肩をこごめるようにして歩いて行った。

「折悪《あ》しくですな」

源三郎が苦笑したのは、先刻の男女がおそらくふざけ合っているところへ、老人が二人入って行くことである。

山の夜は怖いほど静かで、木の葉ずくの啼き声がしている。

夜具に横になると、考えることはいろいろあるのに、二人とも、旅の疲れが出て、忽ち健康な鼾《いびき》を立てた。

眼がさめたのは、お吉の声でである。

「人が殺されたんですよ、起きて下さいまし」

流石に東吾も源三郎も、はね起きた。

まだ、朝は早く、外は完全に夜があけていない。それでも小鳥の声はもうしていた。

「野天風呂に人が死んでいるそうです。今、兄さんからききました」

身仕度もそこそこに二人は野天風呂へかけつけた。

脱衣所のあたりには、泉屋の奉公人が青い顔でかたまっていて、その近くに、泉屋の主人の武一と、肥《ふと》った男が立ち話をしている。

「人が死んでいたと……」

源三郎が声をかけると、武一がとんで来た。

「はい」

肥った男に素早くささやいたのは源三郎の素性を説明したものらしい。肥った男が急に慇懃《いんぎん》になってお辞儀をたて続けにした。

「隣りの、岩滝と申す宿の主で、伊兵衛と申します」

自分から名乗った。

「死人をみつけたのは誰だ」

「へい、手前共へ湯治のお客で、江戸の木綿問屋の御主人でございます」

持病があって、年に二度ほど湯治に来て、岩滝の常連だといった。

「只今、若い者がお上へお知らせに参って居りますが……」

身分柄、先にみせてもかまわないと判断したらしく、伊兵衛は武一をうながして、湯のほうへ東吾と源三郎を案内した。

「あそこでございます」

まだ薄暗い洗い場に女が横になっていた。浴衣がかけてあるが、

「みつけた時は湯の中に沈んで居りまして、なにも着ては居りません」

朝湯の客が、足にさわって仰天したという。髪は解けていたが、髻《もとどり》押えが絡みついているところをみると、ちゃんと湯仕度をして入ったものと思われる。

ということは別の場所で殺されて裸にされて湯に投げ込まれたのではなく、湯に入っているところを襲われた可能性が濃い。

「首を締められて居ります」

死体を改めていた源三郎が東吾に声をかけた。

「女の身許は……」

東吾の問いに伊兵衛が答えた。

「手前共の客でございます」

昨日の暮れ方に着いた女の一人旅だったという。

「女一人……連れはなかったのか」

「へい。なんでも人を捜しに箱根へ来たそうで、十五年前に江戸から女の赤ん坊を連れてこっちへ来た男で、五十ばかりの者を知らないかと女中にきいたそうでございます」

東吾が源三郎をみた。

「おそらく昔、別れた亭主と子ではないかと思いますが……」

若い男を呼んで、宿帳をとって来させた。

女は無筆で、番頭が代りに書いたというのだが、江戸深川、おせんと記してある。

「料理屋の女中をしているような話をしていたそうでございます」

女の着物は脱衣所にあって、それは浴衣だが、岩滝の、泊った部屋へ行ってみると、衣桁《いこう》にかけてあった着物はぞろりとした絹物である。帯も値の高い品物で、櫛やかんざしなど髪の道具も凝っている。

「女中にしては、身につけている物が上等すぎる。どうみても、こりゃあ妾だな」

東吾がささやいて、源三郎がうなずいた。それにしても不思議なのは、財布に金が殆どなかったことである。帳場にあずけているわけでもない。一夜の宿銭にも足りないほどの金しか持たないで、この女はどうするつもりだったのか。

「女を殺した奴が、奪ったのかも知れません」

おせんという女が、昨夜、何刻頃に野天風呂へ行ったのかは、見た者がなく、

「女中には疲れたから早寝するといって、五ツ（午後八時）前に布団に入ったようでございます」

岩滝を出て、野天風呂へ戻ってくると、ちょうど湯本から岡っ引が来たらしく、伊兵衛と武一は、挨拶もそこそこにとんで行った。

泉屋と岩滝の客は一応、足止めされた。田舎の岡っ引はのんびりしていて、午近くなっても、全く埒《らち》があかない。

それでも、岩滝の客は一通り、宿帳に記載の住所姓名に偽りがないかと一人一人、呼び出されて念を押されたという。

「やがて、こっちにもお役人が来るのでしょうな」

泉屋の客達は、なんとなく大座敷にかたまって、不安そうに話し合っていた。とにかく出立は出来ないし、湯治に来た者ものんびり湯に入る気分ではない。

「気味の悪い話でございます。手前共も昨夜遅く湯に参りましたが、あの時、もう死人は湯の底に沈んでいたのでございましょうか」

いやな顔で話しているのは、白髪の老人二人で、江戸は神田で青物商をしている兄弟だという。

その頃になると、殺された女が、十五年前に女の赤ん坊を連れて江戸から箱根へ来た男を捜しに来ていたのだという話も、客のみんなに知れていて、

「十五年前に赤ん坊というと、女の子は十五、六になっている筈でございますな」

子細らしく指を折る者も出てくる。

お信の姿がみえなくなったのに気がついたのは、るいで、

「ちょっと眼をはなしたすきに……もしかすると、あの話をきいて心配になり、治助さんのところへ帰ったのではありませんかしら」

蒼《あお》くなって東吾に訴える。

ちょうど、その頃、泉屋も岩滝も、客の足止めが解けた。

「ろくなお調べもなく、犯人も上ったわけではございませんのに……」

どうしたものかというお吉の疑問は、武一のくちごもった説明ですぐわかった。

岩滝に泊っていた江戸の札差の主人が、急用があって至急、江戸へ帰らなければならないので、

「その筋に、金を遣ったそうでございます」

こうした地方の事件にはよくあることで、宿の主人も、いつまでも客に迷惑をかけたくないし、普段から岡っ引によしみを通じておくから存外、むこうもわかりがよい。

客は喜んで出立して行った。長逗留《とうりゅう》する予定だった者も、愚図愚図していてかかわり合いになってはならないと、足許から鳥が立つように旅立って行く。

朝から姿をみせなかった嘉助が戻って来たのはそんな最中で、背後に頬かむりをして治助が立っている。

「札差の旦那という男は、蛇の目の吉でございます。木綿問屋の旦那というのが、夕顔の千太で……」

どちらも獄門首の仁吉の仲間だった男達だと言った。

ただ、岩滝の客の中には、磯五郎、岩松はいないという。

「殺された女は、たしかに深川の女郎で磯五郎の馴染だった小きんではないかと思いますが」

その時、お吉の母親が茶菓子を持って来ながら奇妙なことを告げた。

「変なお客があるものですよ、江戸へ帰りなさるといって出立したのに、みていると裏の山へずんずん入って行きましてね」

白い髪の老人二人だといった。

風呂焚きに、炭焼き嘉造の小屋はどこだと訊ねていたこともわかった。

「そいつらか……」

まさかという気持が強かった。磯五郎は二十五、岩松は二十一で遠島になっている。十五年後の今は四十と三十六の年であった。白髪になるには早すぎる。

が、二人の老人はやはり東吾達が箱根へ到着した同じ日に、泉屋へ草鞋を脱いでいる。

治助が顔色を変えたのは、お信が小屋へ帰ったかも知れないときいてである。るいとお吉を泉屋の奉公人が案内して、その後を追って行っている。

「東吾さんは治助と一緒にそっちへ行って下さい。手前は蛇の目の吉と千太を捕えてからそっちへ向います」

治助はもう走り出していた。東吾がその後を追う。

山道であった。谷川を渡り、二人とも息をつく暇がない。

斜面がみえた。林の中で人が争っている。女三人と男二人である。るいがお信をかばっていた。男二人は脇差を抜いている。

「お信ッ」

我を忘れて、治助がどなった。

「待ってくれッ。お信に罪はない……殺すなら俺を殺せッ」

沈着な江戸の岡っ引が、狂気のようになっていた。

「お父つぁん」

とお信が叫び、向い合っていた男の一人が叫んだ。

「治助、よくも騙したな。この女は手前の娘なんかじゃねえ。十五年前、手前が……」

治助が跳んだ。斬られるのを承知で、相手の体へとびついたのだ。治助の手に山刀があった。男が絶叫と共にぶっ倒れ、同時に治助も虫のように地面にころがった。

「兄貴……」

叫びながら、もう一人が治助へむかって白刃をひらめかす。東吾が小柄《こづか》を投げ、それは男の肩にささった。

「畜生ッ」

治助を諦めて、お信へ向った男に、お吉が横から体当りをする、その暇に東吾はやっと男の前へ駈け上った。抜く手もみせず、濡れ雑巾を叩き伏せるような音がして、

「るい、みるな、眼をつぶっていろ」

今日の東吾は容赦がなかった。

四

磯五郎と岩松は死に、仲間の五人は源三郎に捕えられた。

「三人は女連れで泊っていやがったんです。小きんにしても、千太にしてもうまく化けていました」

磯五郎に肩先を斬られた治助の怪我はお信の看病で、辛くも命をとりとめた。

「昔、なにがあったのか知りません。でも、あたしにとって大事なことは、命がけであたしを助けてくれたお父つぁんが……なにもかも捨てて、あたしを育ててくれたお父つぁんがこの世でたった一人の親だってことです。その他のことは、なにも知らなくていい、あたしはそう思っています」

源三郎に遅れること三日、箱根を出立しようとする東吾とるいに、お信は一杯の涙をためていい切った。

「いい子ですねえ、血は水より濃いなんて、誰がいったか嘘《うそ》っぱち……」

充分すぎる見舞金を残したるいに、何度も礼をいい、いそいそと父親の待つ小屋へ帰って行く娘の背に春の陽が明るかった。

箱根から江戸へ。

街道沿いは、菜の花が盛りであった。

「磯五郎と岩松の髪がまっ白だったのは、奴ら、島抜けの時に、丸二日、嵐《あらし》の海を流されて、気がついたら二人とも髪が白くなっちまっていたそうだ」

人間、恐怖の極みにぶつかると白髪になるという話はきいたことがあったが、実際にみたのは初めてだったと東吾は笑う。

「てっきり、白髪の爺と思って、源さんも俺も騙されたんだ。まだまだ人をみる修業が足りないって奴かな」

小きんを殺したのは磯五郎で、もともと磯五郎の情婦だった小きんを磯五郎が島流しにあったあと、仲間の夕顔の千太が自分のものにしていたのだが、舞い戻って来た磯五郎はそのことに気づかぬふりを装っていて、わざと千太に小きんを箱根まで連れ出させた。

「千太と小きんは磯五郎が自分たちの仲に気づいていないとたかをくくって湯の中でいちゃついていたんだ。そこへ磯五郎が岩松と湯浴《ゆあ》みに来て千太の眼の前で小きんをしめ殺したそうだ」

殺風景な話をしているのに、るいは眼を細くし、東吾の腕にすがって幸せそうな旅をしていた。

嘉助もお吉も気をきかせて、遥か先を歩いてふり返りもしない。

陽炎《かげろう》が燃えている、おだやかな東海道であった。

桐《きり》の花《はな》散《ち》る

一

大川端の宿、「かわせみ」の庭に桐《きり》の木があった。

るいが「かわせみ」を始める前からあったもので、薄紫の花が咲くその一本を伐《き》ってしまうのが惜しくて、建増しをする時も、わざわざ避けてくれるよう大工に註文をつけたのだが、日当りのいい場所にあるせいか、毎年、桐にしては早く花が咲く。

川風がさわやかな朝に、るいは久しぶりに髪結いを呼んだ。

大体が器用なたちで、普段は自分でいい具合に結い上げてしまうか、お吉に手伝ってもらうかなのに、今朝は念入りに合せ鏡をしながら髱《たぼ》のふくらみ具合や鬢《びん》のひき具合まで気をつけている。

化粧にも時間がかかった。

髪結いが帰ってからも、何度となく鏡をのぞいてみて、それから箪笥《たんす》をあけて、昨夜からさんざん考えぬいた着物と帯を出す。

「お嬢さん、又、あのお客さまが桐の下にいらっしゃいます」

庭を掃いていたお吉がそっと声をかけ、るいがのぞいてみると、成程、桐の下に人影がみえる。

美濃国中津川の材木問屋の主人で多田屋吉右衛門という。「かわせみ」の出来た年から の客で、年に一度か二度、商用で江戸へ出てくる。もう六十をすぎた年輩で、供には若い手代がついている。温厚な人柄で、宿へ迷惑をかけることもないし、帰る時には、余分の心づけをはずんで行くから「かわせみ」の奉公人にも評判がよかった。が、それ以上に、「かわせみ」ではこの老人を同情の眼でみている。

多田屋吉右衛門が、「かわせみ」へ泊るのは、理由があった。

二十五年前、吉右衛門は娘を、この木の下で見失っている。

「神林様の若先生がおみえになりましたよ」

嘉助の嬉しそうな声がして、その時は東吾のほうが、もう、るいの部屋の敷居をまたいでいた。

「源さんが一緒なんだ。一風呂、浴びさせてくれないか」

我が家のような調子でいう。

その東吾は、さっぱりした顔だが、背後の畝《うね》源三郎は誰がみても一晩中、走り廻った感じで、眼が充血している。

「八丁堀の湯屋が休みでね」

東吾が、それでも弁解気味に苦笑した。お吉が心得て、湯殿へ走って行く。

客の中には朝風呂を好む者もあるので、「かわせみ」では、これからの汗ばむ季節には、殆ど、一日中、いつでも湯に入れるよう心がけている。

「お待たせ申しました。どうぞ、お入り下さいまし」

湯加減をしてお吉が迎えにくるまでに、源三郎は、るいの心づくしの梅干入りの番茶を飲んでいた。

「昨夜も、例の御探索だったんですか」

恐縮しながら、源三郎がお吉のあとについて部屋を出て行ってから、るいがきいた。

「どうも、後手、後手へ廻っているらしいんだ」

東吾が眉《まゆ》をしかめて、梅干を噛《か》んだ。

三日前の夜半、日本橋の御用御菓子司、雅好堂の店に盗賊が押し入って、主人と妻のおなみ、それから一人娘で、大奥に奉公に上っていて、たまたま宿下りをしていたおたかというのが惨殺され、千両箱が奪われた事件があった。

商家とはいっても苗字《みょうじ》帯刀の許された御用御菓子司のことではあり、殊に大奥へ行儀見習に上っていた娘のおたかというのは、将軍家御寝所付の老女、松江のお気に入りの部屋子でもあって、奉行所へ厳重な抗議があった。

即《すなわ》ち、江戸八百八町の治安はどうなっているのかという叱責《しっせき》である。

で、いわゆる定廻り同心の他に、隠密同心までくり出して探索しているのだが、はかばかしく埒があかない。

「戸じまりなんか、どうだったんでしょうかねえ、商家のことだから、さぞ、厳重だったでしょうに……」

湯から上って来た源三郎のために、気のきいた膳が出て、そういう話にはすぐ反応する「かわせみ」のことだから、お吉が早速、口を出す。

「そのことですが、ちょっと気になることがわかりました」

八丁堀の旦那のくせに、丁寧な話し方をする源三郎が、お吉へというよりむしろ東吾へ話し出した。

「盗賊が、どこから押し入ったかが、長いことわかりませんでした」

家族三人が殺害され、奉公人は縛られた。

「とにかく、風のように押し入って来たというだけで、誰もどこから入って来たか見た者が居りません」

店の大戸も裏口も、賊がひきあげて行く時、開け放って行ったが、打ちこわして入って来た様子はなく、窓や雨戸にも異常がない。

で、調べに当った者の中には、内部に手引をする者がいて、表か裏か、どちらかの戸をあけて盗賊を入れたのではないかとする意見が圧倒的であった。

そのために、生き残った奉公人達は番屋へとめられて、一人ずつ、徹底的に身許が洗われているが、一人としてあやしい者がいない。

「なにしろ、調べるほうも調べられるほうもいささか逆上して居りまして、大事なことを聞き洩《も》らして居りました」

この店には、普段、使っていない母屋とは廊下続きの離れ家があった。

「もともとは先代の隠居所で、先代が歿ったあとは、娘のおたかの部屋になっているようですが、娘が大奥へ上ってからはそのままでして」

ちょうど、この月のはじめに大風が吹いて、その離れ家に近く植えてあった松の古木が傾いた。

以前、雷が落ちたこともあり、幹の中が朽ちていて、いずれ、伐らねばといいながらそのままにしていたもので、それが風で傾いて離れ家の屋根に当り、瓦を割って穴をあけた。

「盗賊の入る五、六日前から、出入りの植木屋が、松の木を伐り除き、屋根職人も入って修理が始まりかけていた由です」

で、職人に訊ねてみると、

「当夜、離れ家の屋根は修理が出来上って居らず、穴のあいた部分には仮の屋根板がのせられていただけで、めくろうと思えば、外からでも容易に取りはずしが出来たと申すのです」

「人が入れるほどの穴なのか」

と東吾。

「小柄な者なら、なんとか……事実、屋根職人に調べさせましたところ、板を動かした痕跡《こんせき》があると申して居ります」

「しかし、源さん、よく、賊が知ってたな」

東吾がいい、お吉がその尾に乗った。

「そうですよ、離れ家の屋根があいてるなんて……」

源三郎が苦笑した。

「その点について、今、聞き込みをしている最中です」

ただ、出入りの職人は植木屋にしても大工、屋根職人にしても、古くからのつきあいで、賊の手引をするような者がいるとは思えないが、

「なにかで口をすべらすということも考えられなくはありません。どの程度の者が、離れ家の屋根のことを知っていたか、そのあたりから手がかりが得られればと思っていますが……」

なんにしても、根気のいる探索の仕事であった。

「かわせみ」の、心づくしの箸《はし》をおくと、源三郎はそそくさと八丁堀へ帰って行った。

「おい、出かけるか」

るいがちょっとぼんやりしていると、東吾が湯吞をおいて声をかけた。

「よろしいんですか、畝さまのお手伝いをして差し上げなくて……」

「八丁堀の智恵者が雁首《がんくび》並べて走り廻っているんだ。餅は餅屋にまかせておけということさ」

立ち上って庭をのぞいた。

「早く仕度しろよ」

深川八幡の境内にこの年、三月のなかばから下総《しもうさ》の成田不動の開帳が行われている。

その見世物の中に、カンカン踊りというのがあって、江戸中の人気をさらっていた。

もともと、今年二月に葺屋町の河岸で興行をして、その折も評判になり、その後、深川八幡の成田不動の開帳をあて込んで、境内に小屋がけしたものであった。

「あいつは、肥前長崎で唐人がやる祭の中の踊りなんだ」

もう、五年前のことになるのだが、兄嫁の香苗の父が、長崎出張をした。

その折、よい機会だから一緒に来いといわれて、東吾は、はるばる長崎まで出かけて行った。

半年ばかり、長崎で気儘《きまま》な暮しを味わったものだったが、その時に「菩薩あげ」もしくは「菩薩まつり」という唐人の行事をみたことがあった。

「崇福寺という寺の中に、娘々菩薩という唐人の航海の女神が祭ってあってね。この女神、女のくせに髭があって、怖しい面がまえをしてやがるんだ」

着物を着がえているるいに背をむけて、のんきらしく長崎の話をしていた東吾が、

「多田屋が泊っているのか」

全く別にいった。

桐の木の下に立っているのをみつけたらしい。

「ええ、一昨日、お着きになったんですすよ」

「気の毒に……もうみつかるあてはねえだろうな」

「御自分でも、そうおっしゃっているようですよ。あきらめていると、お吉にも話していらしたようですから……」

二十五年前、四歳だったおよしという娘を伴って、多田屋吉右衛門が江戸へ来たのは、無論、商売の用事だが、もう一つ、吉右衛門の女房おりきの実家が江戸の深川で、年老いた両親に孫の顔をみせてやりたいというのが目的であった。

商用でいそがしくとび廻っている父親なので、小さい娘はもっぱら、母方の祖父母の家で遊んでいたのだが、その日、吉右衛門が日本橋で人と逢う約束があって出かけるあとを追いかけて来て橋を渡ってしまった。

吉右衛門は、橋のこっちで、はじめてついて来た娘に気がついたが、連れて帰るには時間がかかるし、気もせいていた。

橋を渡れば深川で、橋の袂《たもと》から眺めれば、祖父母の家もみえるという近さなのに安心して、およしに一人で帰れるかと訊いた。

「四つといっても年よりしっかりしている娘でしたし、ききわけもよく、ちゃんと一人で帰ると申します。昼日中のことではございますし、田舎ではもっと遠くまで遊びに行っている子でございます。つい、安心して……」

吉右衛門は娘を一人残して出かけて行った。

「このあたりは、まだ家も少なく、こちら様がお宿を始められる前のことで大川の堤の脇にこの桐の木が花を咲かせて居りました」

およしは父親に、この花を五つ拾ったら、家へ帰ると約束したという。

紫の花が散っている木の下で、小さな娘が夢中になって、きれいな花を探しているのを、微笑《ほほえ》ましくみて、吉右衛門は日本橋へ急いで行ったのだが。

「あきらめても、あきらめ切れないでしょうねえ」

着がえをすませたるいが、東吾と並んで庭を窺《うかが》った。

老いた父親が肩を落して部屋のほうへ立ち去ろうとしている。

「やっぱり、かどわかしだったのでしょうか」

商用から帰ってきて、およしが家へ帰っていないのを知った吉右衛門は仰天して、娘を探した。母方の祖父母のほうは、てっきり吉右衛門がおよしを伴って行ったと思い込んでいて、これも蒼くなって、およしを尋ね歩いた。出入りの岡っ引にも頼み、町内の若い衆も総出で、さがしたのだが、無論、大川端の桐の木の下にもおよしはいなかった。みかけた者もいない。

川へ落ちて流されたのではないかといい出して、川下にまで手配をした。

半年近く手を尽しても、およしの行方は知れなかった。

それでも、吉右衛門はあきらめ切れなかった。一人娘であり、父親になついていた娘なのである。中津川から江戸までの長旅を、父親は毎夜、宿の布団の中で抱いて寝た。道中は、背にも負い、手をひいて歩きもした。

母親を残しての初旅を、いやがりもせず、むしろ、嬉々として父親にまつわりついていた娘の思い出がこびりついている中仙道を、娘を失った吉右衛門は魂も失ったように故郷へ帰って行った。

毎年、商用で江戸へ出てくる度に、吉右衛門は人にも頼み、自分でも歩き廻った。神社仏閣に願もかけたし、易者にもみてもらった。

二十五年の歳月はすぎたが、吉右衛門の心の中で、失った娘は四歳のままであった。紫の花を拾いながら、心配そうにふり返ってみた父親へ、行ってらっしゃいと明るい声で叫んでいた。

今は「かわせみ」の宿の庭になってしまった桐の木の下で茫然《ぼうぜん》とたたずんでいる老いた父親の心中がわかるだけに、るいも東吾も暗然としてしまうのだ。

「行方知れずになった時、四つというから、今生きていれば二十九になっているわけだな」

二十五年前、吉右衛門とその娘が渡ったと同じ橋を渡って深川へ向いながら、東吾が呟《つぶや》いた。

橋の向うには、もう深川八幡の鳥居がみえて、門前町が賑っている。

まだ初夏というのに、陽はかなり暑く、裸に金太郎の腹当てをしただけの小さな子が、道ばたで盛んに、カンカンノウ、キウレンスと唄いながら踊っている。

カンカン踊りの小屋はかなり混《こ》んでいた。もう二カ月余りの興行である。

唐人風の衣装と、耳馴れない音曲が余程、江戸の人々に物珍しいのか、東吾とるいの並んでいる隣りで、俺はもう三度も来た、五度目だなぞと自慢そうに喋《しゃべ》っている者もある。

参詣をして、カンカン踊りをみて、遅い午飯を、深川の平清《ひらせい》へ寄って、東吾はるいのお酌で一本飲んだのだが、外へ出てみると、なんとなく人がさわいでいる。

「犬が人の足をくわえて走って行ったそうですよ」

路傍の人の話で、るいが蒼くなって東吾にすがりついた。

二

るいを大川端へ送ってから、東吾は再び深川へひき返した。

佐賀町に、畝源三郎から手札をもらっている岡っ引で長助という気のいい親分がいて、本業は蕎麦屋《そばや》をやっている。東吾とも顔馴染であった。

店をのぞくと、長助は釜場に居た。東吾の顔をみると、すぐとび出して来て、

「御一緒でござんすか。畝の旦那は……」

東吾は、あっけにとられた。

「そう、いつもいつも、つがって歩いてるわけじゃねえんだ。なにかあったのか」

苦笑して訊ねると、長助は、ぼんのくぼに手をやった。

「あいすいません。今、若い奴を、畝の旦那へ走らせたばっかりなんで……」

犬が人間の腕をくわえて行ったというのを耳にしなかったかという。

「腕……足じゃないのか」

「へえ、足をくわえてった犬もあるようです」

長助は目をぱちぱちさせている。

「どこかに、人の死体でもあったのか」

「まだ、みつけ出したわけじゃありませんが、十万坪の隣りに砂村新田というのがあるのをご存じじゃありませんか」

砂村新田というのは万治元年に砂村新四郎というものが、開拓したといわれる新田で、その中に、俗に砂村の疝気《せんき》いなりで通っている大知稲荷《おおちいなり》がある。

「どうも、そこの床下になにかあるんじゃねえかってんで、今、若い者が張り番をしています」

いささか飛躍した長助の説明を補うなら、そこの床下から人間の足や腕をくわえて出て来た犬を近くで働いていた百姓がみたらしい。
三、四匹の犬は百姓に追われて深川の町中へ逃げ、そこで又、何人かの目に触れて大さわぎになった。

「早いですな、東吾さん」

背後に声がして、額の汗を拭《ふ》きながら黄八丈に巻き羽織で、今日の天気に暑苦しげな源三郎が入って来た。

すでに夕方である。

長助を案内にして砂村新田へ行く道には、やや風が強く吹きはじめていた。

この頃の天気は変りやすい。

細川越中守下屋敷の隣りに六万坪といわれる空地があり、そこから仙台堀を越えて十万坪へ出た。むこうに一ツ橋殿の下屋敷がみえる。

ここは江戸中の塵芥《じんかい》をもって築いた新地といわれ、享保年間に開発されて新田が出来たが、今は一ツ橋殿の御領地ということになっている。

周囲は大名の下屋敷が多く、東には砂村新田や八右衛門新田、大塚新田などがある。

名称は田だが、砂地の畑で、野原になっている部分も多かった。

なんにしても寂しいところである。

大知稲荷の社前には、長助のところの若い衆が心細い顔で立っていた。

百姓が五、六人、かなり離れて物珍しそうに眺めている。

源三郎が近づいて、縁の下をのぞいた。

暗い。血の匂いがいくらかするようであった。

稲荷社のことで、床はかなり高く、人がもぐれないことはない。

「うちの若え奴らを入れてみます」

長助が名を呼んで、屈強の体つきのが二人、灯を持って床下へ入った。

外からも提灯をかかげて、声をかける。

「げえっ」

というような叫びが上って、二人が這い出して来た。蒼白になっている。

「あったのか」

長助が声をかけ、二人はうなずいた。

「なにを、がたがたしてやがる。こいつにのっけて、ひっぱり出して来い」

長助に叱咤《しった》されて、二人はやむなく莚《むしろ》を持ってもぐり込んだ。

外からも手をさしのべて手伝いながら、やっと莚ごとひきずり出してくる。

流石《さすが》に老練な岡っ引で、死体など始終見馴れている長助までが顔色を変えた。

死体は、ばらばらであった。首が切りはなされて居り、更にそれが西瓜でも割るように二つになっている。手足も関節ごとに切りはなされ、胴はぶつ切りであった。

それも鮮やかな切り口とはいい難い。

床下にもぐった二人は、すみへ行って、しきりに吐いている。

死体は男だった。着衣はなく、片方だけが残っていた腕には刺青《いれずみ》があった。

前科者である。容貌《ようぼう》は殆どわからなかった。

流石に源三郎は顔色も変えずに死体を克明に改めた。

「犬がくわえて行ったのは右腕の先と、右足の足首から下だが……そいつはみつからないだろうな」

この辺は野良犬が多く、時には飢えて人を襲うこともある。

「犬がくわえ出してくれたので助かった。床下で食われちまったら、それっきりだった」

東吾がうっかりいうと、紙のような顔色になっていた若い衆が、又、げえげえやりはじめた。

死体を番屋へ移す頃になって、連絡を受けた寺社係が二人ほど来た。

稲荷社の床下から死体が出たので、本来なら寺社奉行の管轄だが、こういう場合、大抵は町方にまかせられることが多い。

その打ち合せがすんで、町方が死体を運び出す頃には、もうすっかり日が暮れているというのに、どこから噂をきいて来たのか野次馬がかなり集まって、怖しそうにささやき合っている。

東吾は何気なく、彼らのほうを眺めていた。

細い月が出ている。

東吾の視線が、たまたま、一人の男とぶつかった。仕事帰りだろうか、手に赤い風車を持っている。身なりからして植木屋のようであった。家で待っている我が子への土産でもあろう。

東吾がみていると、その男は急に群衆から離れて足早やに十万坪のほうへ立ち去った。

「いやなものをみせて恐縮です。どこかでお清めをしなければいけませんな」

長助に指図をしていた源三郎が戻って来た。

肩を並べて歩き出した道は、やはり十万坪のほうへ向っていた。

「どこで殺したものかな」

あの狭い床下で、ばらばらにしたとは思えない。

「なんで運んで来たかです」

人一人の重みは、かなりある。ばらばらにはしてあるが、一つずつ何度も運んだとは思えない。

道には車輪のあとがあった。大八車の跡も荷車の跡もある。近所の百姓が農具を乗せて車を押して通ったのかも知れなかった。

お天気続きの道は乾いていた。それでなくとも砂地で埃《ほこり》が舞いやすい。

砂村新田を左にして歩いている道の右側は川であった。砂村新田と十万坪の境は、仙台堀から流れ込んだ水路である。

この辺りは網の目のように堀があり、流れがあった。

十万坪を中心とする新田と呼ばれる一帯は、仙台堀と小名木川《おなぎがわ》にはさまれた土地であった。細かな水路は仙台堀と小名木川を横につないで走っている。

左に十万坪を、右に流れをみながら道をたどって行くと、流れが終った。掘割はそこまでで、その先は又、広大な空地であった。

葦や雑草が大人の背丈までのびている。

「ここも江戸の内とはね」

東吾が笑った。

右も左も広々とした海辺の原野のようである。二人が歩いている道は一ツ橋家の下屋敷の脇まで続いていた。

犬の啼き声がした。

右の空地の中からである。

「野良犬ですか」

源三郎が提灯をかかげてみた。

原の中で、犬が数匹、うなり声をあげている。

そのまま行きすぎようとして、二人共、足を止めた。

「行ってみますか」

犬がくわえ去った腕か足を二人とも連想したものである。

人間が近づいてくるのをみると、野犬は一せいに吠えたが、襲ってくる気はないらしく、東吾が石を投げると、急に逃げた。

「東吾さん」

犬の居た場所のあたりを、しきりに提灯で照らしていた源三郎が呼んだ。

その場所だけ、草がなぎ倒されたようになっている。もの凄い血だまりであった。

やや白っぽい砂地にしみ込んだ血痕がおびただしい。草にも石にも血がまみれていた。

肉片らしいものも点々と散らばっている。

ここが、ばらばら死体の殺人現場のようであった。空地のむこうは小名木川であった。

川の対岸は猿江町になる。

風が荒地の上で鳴っていた。

三

ばらばら死体の身許が割れたのは、翌日で、番屋へ来ていた本所の岡っ引で清七という古顔が、二つに割れた死顔をみて、どうも弥平次ではないかといい出したのである。

「顔の真ん中に黒子《ほくろ》がありまして、仲間内から弥勒《みろく》の弥平次と呼ばれていた奴です」

常に五、六人の仲間と組んで押し込み強盗を働き、名前に似合わず人殺しをなんとも思わない奴で、

「あっしが二十七の時に、一度、御用弁になった筈ですが……」

三十年も経《た》った今になって清七が弥勒の弥平次を思い出したのは、

「つい先だって、思わぬところで、奴に出逢ったんですよ」

猿江町の御材木蔵の脇の道を歩いてくる弥平次を正面からみた。

「むこうは、その頃、若造だったあっしをおぼえているわけもねえが、こっちはまず眉《み》間《けん》の黒子ではっとしました。年をくっちゃいても、ああいう目じるしがあっちゃ、すぐ思い出します。もっとも、弥平次と気がついたのは奴が小名木川へむかって猿江町の角をまがって行っちまってからで……まあ御赦免になって江戸へ帰って来たのか、あの年じゃ、もう悪事も出来まいと、甘い考えですが、その時はそんな気持でした」

そいつが殺されるとは、てっきり悪事仲間の内輪もめでもあったのではないかと、清七は歯がみをする。

「あの時、尾《つ》けて居所を探っておくんでござんした」

考えようによっては、顔をまっ二つに割ったのも眉間の黒子という特殊な目じるしを消すためかとも思われる。

ともかくも、ということになって下っ引が猿江町界隈《かいわい》を洗ってみた。

眉間に黒子のある男を知らないかという聞き込みである。

効果は思いの他、早々に上った。

猿江町の裏町に住む植木屋の半次という者のところへ、時々、眉間に黒子のある初老の男が訪ねて来ていたというのである。

が、調べてみると、植木屋の半次というのは近所でも評判のいい職人であった。

親の代からの植木職で、両親はすでに歿っていたが、家には女房子がある。

「六間堀の植木屋で仙七というのが面倒をみていまして、大きな仕事は仙七のところのを手伝っています。仙七というのも、古くからの植木職で、とても悪事を働くような者じゃございません」

仙七のところで訊いた半次の評判も悪くなく、植木職の腕もよく、実直で力仕事に骨身を惜しまないから、重宝がられているようであった。年はまだ二十六で、

「たしか、かみさんのほうが二つ三つ、年上とききましたよ。木更津が在所で、江戸へ出て来て奉公している中に、半次と知り合って一緒になったそうですが、気だてのいい、働き者のかみさんで、悪くいう者は一人も居りません」

夫婦の間には昨年の秋に赤ん坊が生まれていて、名をお幸という。

「そりゃあ愛敬のいい子で、あっしがあやしても、にこにこ笑います」

長助は好々爺の顔で報告した。

時折、訪ねて来たという眉間に黒子のある男については、

「釣りに出かけた時に知り合った人でございます。手前が植木職と申しましたら、よい枝《し》垂《だ》れ桜があったら欲しいという人があるからといって訪ねて参りました。二、三度参ったのはその返事を訊くためで、手前も心当りを問い合せてみたのですが、どうも適当なのがみつかりませんで、そのままになって居ります」

名は弥平次ときいたが、住いは四谷のほうとだけで、

「なにをしているお人かも訊いて居りませんが……」

来れば、上って茶の一杯ぐらいは飲んで行ったが、

「あちらも口の重いお方で、私どももお客あしらいの上手なほうではございませんから……」

まさか、その男が殺されて大知稲荷の床下からの死体がそうだとは夢にも思わなかったと蒼ざめている。

これで、ばらばら死体が、弥勒の弥平次であることは、ほぼ間違いあるまいとわかったが、犯人の手がかりはぷっつり切れた。

「とにかく、もう一度、あの辺りを歩いてみるか」

八丁堀にすわり込んでいるよりはましだろうと東吾がいい出して、陽気はよし、男二人は深川へ出た。

例の大知稲荷から水路のふちを歩いて十万坪へ出て、更に血だまりのあった空地へ行く。血はもう乾き切って、砂地の上は白茶けていた。

二万坪はあろうかと思われる空地を横切って小名木川へ出る。猿江町は川向うだが、この付近には橋がない。

道のないところを川に沿って後戻りして、八右衛門新田の近くから小橋を渡り、迂回して猿江町へ入った。

「川をまたげば、目と鼻の先なのに、橋がないのは不便なものだな」

長助に教えられた通りに路地を入ると、すぐ、とばくちの小さな家が植木屋半次の住いで、成程、赤ん坊がいるらしく、赤い風車が縁側においてあった。

近くの井戸端で赤ん坊を背負って洗いものをしている若い女がいる。少し寂しい顔立ちだが、なかなかの器量よしで、体つきに垢《あか》ぬけたところがあるのは、以前、水商売をしていた名残りかも知れなかった。

見馴れない侍が二人、自分をみているのに気がつくと、怖れをなしたのか、洗いものを抱えて逃げるように家へ入ってしまった。

路地を出たところで立ち話をしている女に訊ねてみると、やっぱり、それが、半次の女房のおよしであった。半次のほうは仕事に出かけていて留守らしい。

そこが小名木川の川っぷちであった。川のむこうが、例の空地である。

東吾と源三郎が、それから足をむけたのは半次の親方の六間堀の仙七のところで、ここで半次の今日の仕事先を訊ねてみると、日本橋の薬種問屋、石丸与平の家の庭木の手入れに行っているという。

六間堀から日本橋まで、歩くのが商売の八丁堀育ちの二人も、流石に汗をかいた。

石丸与平のところで、主人の与平に逢い、それとなく、植木屋の働いているところをみせてもらった。

「あいつだ……」

思わず東吾が呟き、庭のすみで石燈籠を動かしている若い男を源三郎に教えた。

「たぶん、あれが半次だろう」

東吾のいった通り、植木屋半次はその男で、如何にも実直そうな、やさしい顔立ちをしている。

たまたま、午で、職人達は木陰に入り、それぞれに弁当を使い出したが、半次はその仲間に入らず、台所へ行って水を貰い、なにか売薬のようなものを飲んでいる。

心なしか顔色が悪く、憔悴《しょうすい》したような感じであった。

「このところ、腹の具合が悪いようで、手前どもの薬をやりました」

主人の与平が説明した。

「どうして、半次がわかったのですか」

日本橋の通りへ出ると、源三郎が訊ねた。

「大知稲荷の床下から、弥平次の死体をひきずり出した時、集まった野次馬の中に、あいつが居たんだ」

赤い風車を持っていた若い男の記憶が、先刻、猿江町の半次の家の縁側においてあった赤い風車によって想い出されたのだと東吾はいった。

「半次が下手人と思いますか」

正面をみつめたまま、源三郎がいう。

「弥平次を殺した理由だ、そいつがわかりさえすれば……」

ちょうど、御菓子司・雅好堂の店の前であった。閉ったままの大戸には忌中の札が下っている。

足早やに二人は、その前を通りすぎた。

四

その夜、東吾は久しぶりに、「かわせみ」へ行って泊った。

さわぎが起ったのは、夜があけて間もなくで、裏木戸のところに捨て子があったという。

嘉助が抱き上げているのをみると、かわいい女の子で、生後一年は経っていないと思われる。

「木戸の内側に入っていたんです。垣根の上から入れたんでしょうか」

ねんねこにくるまって、ちょうど桐の木の下に近いところで泣いていたのが、嘉助に抱かれると、すぐ泣きやんで、お吉があやすとよく笑う。

「なにか、身許のわかるものを身につけていないか」

るいに赤ん坊の体を調べさせながら、東吾の心に閃《ひらめ》くものがあった。

「こんなものがございました」

るいがみつけたのは赤ん坊が首にかけていた迷子札で、小さな木札に書かれた墨の文字は長い歳月にこすれて消えかけているが、美濃国中津川の部分と、衛門娘およしの部分がかすかに判読出来る。

「こんなものが、道に落ちて居りました」

もしや、捨てた親が、まだそこらに居はすまいかと表へ出て行った嘉助が手にしていたのは赤い風車で、東吾の直感とぴたりと合った。

「嘉助、八丁堀へ行って、源さんにいってくれ、俺は一足先に猿江町へ行く」

やっと朝陽がさし始めた橋を駈《か》けて、東吾は、まっしぐらに猿江町へととんだ。

半次の家の戸は、まだ閉っていた。

井戸端にいたのが、ちょうど家主の女房で、気味悪そうに東吾の問いに答えた。

「昨夜、半次さんがお酒なんぞ飲む人じゃなく、酔ったのなんぞ、みたことがなかったのに……なにか、大声でわめいているんです。もし、女房子に乱暴でもしているといけないと、うちの爺さんがいい出して、半次さんの家の戸を叩いたら、おかみさんが出て来て、何事もないから心配するなというんです。その時、ちらと家の中にいる半次さんをみたというんですが、まっ蒼な顔をして、どなっていまして……うちの爺さんは帰りがけに戸の外から半次さんの声をきいてみたんだそうですけども……俺がやったとか……勘弁してくれとか……そりゃ気味の悪い声だったたって……まるで気が狂ったようだったたっていってましたよ」

今朝早くに半次夫婦が出かけた様子はなかったかときくと、

「さあ、なにせ、あたしの家はこの奥で、半次さんのところは路地のとばくちですから……」

と首をかしげる。

その中に家主も起きて来て、外から半次の家へ声をかけた。

返事はない。戸に手をかけると内側から桟が下りている。

「なんか、うなってるような声がしますよ」

雨戸のほうへ廻って行った家主がいい、東吾と二人で雨戸をこじあけた。

部屋のすみに半次が倒れて居り、その足許のほうに、女房のおよしが苦しんでいた。

二人が飲んだと思われる石見銀山ねずみとりの紙包が落ちて居り、半次のほうは、更に植木鋏を胸に突き立てて絶命していた。

「およし……しっかりしろ、美濃国中津川、多田屋吉右衛門の娘、およしだな」

東吾が抱き起すと、およしはかすかにうなずいた。

「親の名は知りませんでも迷子札に……」

「お前の父親は大川端のかわせみに泊っているんだ」

東吾の言葉に、およしは不思議そうな表情をみせた。

「知っていたのか。親があそこに泊っているのを」

およしがゆるく首をふった。

「あたし……あそこを通ったら、なんとなく、なつかしくて……」

昨夜、まんじりともせず夫婦で話し合って自首することをきめ、赤ん坊を背負って八丁堀へ行く途中、大川端を通りかかった。

「桐の花が咲いているのがみえたんです。なんとなく近づいて……あたりをみて……」

昔、ここへ来たことがあったように思ったと、苦しげにおよしはいった。

「お前は四つの時、あの木の下から行方知れずになったのだぞ」

東吾がいうと、およしはうなずいた。

「ええ、花を拾っていたんです。お父つぁんの背中が、だんだん遠くなって……あたし、そっちへ走っていって……あとはおぼえていないんです。知らない人と舟に乗っていて……それから……」

家主の女房が医者を呼んで来た。およしの状態をみたが、すぐに首をふった。

およしは、もう舌がもつれている。

「うちの人が悪いんじゃありません、あいつが、あたしを手ごめにしようとして、それで、うちの人があいつを殺して……」

焦点の定まらなくなった眼で、誰かをさがしている。

「お幸……お幸……」

小半刻、苦しみ通して、およしは死んだ。

「不愍《ふびん》なことをしてしまいました」

弥平次が盗人だったことを知らせておけば、或いは夫婦を殺さずにすんだかも知れないと源三郎は悔んだ。

「半次というのは、気の弱い男だったんだろう」

実直で、心のやさしい男が、人を殺した。

犯行をくらまそうと、その死体をずたずたに刻んだ。

「まともな奴なら、気がおかしくもなろう」

仕事先で弁当を使わなかった半次である。おそらく、弥平次の始末をした夜から、食べ物は咽喉《のど》を通らなくなっていたに違いない。

「放っておけば狂ったろう、すでに狂いかけていたようだ」

おそらく、家で殺害した弥平次の死体を舟に乗せて小名木川を渡り、空地でばらばらに刻んだ。更にそれを莚《むしろ》にくるんで、舟に乗せ、水路伝いに、砂村新田まで運んで、大知稲荷の床下へかくした。

「半次は釣りが道楽だったようだから、おそらく舟を持っていただろう」

東吾の予想通り、小名木川にもやってあった半次の釣り舟には、点々と血痕が残っていた。

「弥平次は、おそらく、半次がいったように釣りで知りあったものだろう。なにかのはずみに、日本橋の大店《おおだな》へ仕事に行っていると話し、弥平次は植木の世話をしてくれという口実で何度も半次を訪ねては言葉巧みに、雅好堂の離れ家の屋根に穴のあいたことを聞き出したのだろう」

雅好堂の店に盗みに入ったのは、弥平次の一味に違いないが、弥平次が殺されてしまった今となっては、そっちの手がかりは失われたも同然である。

「半次は、自分の不用意なお喋りが、雅好堂へ盗賊の入る原因になったとは気がつかなかったのだろう」

もし、気がついていれば、弥平次の素性に疑いを持った筈である。

「何度か、半次の家を訪ねる中に、弥平次は女房のおよしの色香に目をつけた」

大金を手に入れて、江戸から姿をくらまそうという行きがけの駄賃に、およしを手ごめにするつもりだったのか。

それにしても、二十五年も探しあぐねた娘が、大川端からさして遠くもない猿江町に居たとは。

「運がないと申すのは、こういうことかも知れません」

半次夫婦の葬いと野辺送りも、多田屋吉右衛門が施主になった。

「娘夫婦にしてやることは、これが最初で最後になってしまいました」

泣いても泣き切れない老人が、涙をふりきって必死になっているのは、老人の腕の中で無心に笑い、無心に眠る孫娘があったからで、

「まるで、およしが帰って来たような気が致します」

はじめて、るいから迷子札をみせられて、お幸を抱いた時、

「およしに違いありません。およしでございます」

と絶叫した父親であった。

老いた父親の瞼の中で、二十五年前の娘は、幼女のまま、歳月を通りすぎたようである。

それにしても、自首しようと決心しながら、遂には死のうと心を変えた夫婦が、通り

すがりの家の庭の桐の花に惹《ひ》かれて、そこへ娘を捨てる気になった。

「人間の智恵じゃわからない、なにかが働いていたんだと思いますよ。もしかしたら、桐の木が、およしさんを呼びとめたのかも」

るいはそんなふうに解釈していた。

「そうですよ、木にだって魂があるに違いありませんからね。吉右衛門さんは二十五年間、あの木にむかって、娘さんの居所を知りたい、教えてくれと祈り続けて来たのでしょうから……」

涙もろいお吉は、すぐ同調して、しきりに前掛を眼にあてている。

「いっそ、この木の下にお堂でも建てて、桐の木御前さまとでも名づけるといい、さぞかし、お賽銭があがるだろうさ」

東吾が冗談をいうと、るいもお吉も、つんとして、そっぽをむく。

「大体、近頃の八丁堀の旦那方はどうかなさっていますよ。もっと早くに、賊の入った時、植木職で仕事をしていたのが半次さんだとわかっていたら、ひょっとして、弥平次と半次さんのつながりがわかって、賊は一網打尽、半次さん夫婦は死なずにすんだかも知れなかったのに……」

「かわせみ」の女達の鼻息はいよいよ荒く、当分は東吾も源三郎も、うっかり大川端へ足がむけられない有様であった。

孫娘を背負い、二つの骨箱は手代に持たせて、多田屋吉右衛門が大川端の「かわせみ」を発ったのは、よく晴れた朝であった。

「この孫が生きる支えでございます。この子が嫁に行くまでは、石にかじりついてでも婆さんと二人、長生きをせなならんと思って居ります」

中津川で留守をしている老妻には、すでに早飛脚で今度の事情を知らせてある。

「首を長くして待って居りましょう」

その祖父の背で、今朝も赤ん坊はにこにこと愛らしく笑っている。

道中の用にと、るいやお吉が心をこめて縫った襁褓《おむつ》も肌着も、着がえの着物も若い手代がしっかりと背負っていた。

「桐の花が咲く度に、お幸せをみんなしてお祈りして居りますよ」

るいがいい、老人が顔をほころばせた。

「故郷へ帰りましたら、この子のために、桐を植えようと思って居ります」

中津川あたりでは、女の子が誕生すると桐の木を植える習慣がある。

その子が大きくなってお嫁に行く時、その桐の木は簞笥になって嫁入り道具に加えられるのだ。

さわやかな朝の中を旅立って行く老人の心にあるのは、孫娘の嫁入りの姿なのか、桐の花散る木の下で、花を拾って遊ぶ孫娘の笑顔なのか。

「かわせみ」の庭の桐の木は、今朝もいくつも花を散らせ、いくつも新しい花を咲かせていた。

水郷《すいごう》から来《き》た女《おんな》

一

その年の江戸は梅雨が長かった。

三日、五日と降り続く雨は、やっと上っても半日と青空をのぞかせない。

日本橋の両替商、板倉屋重兵衛の一人息子で、今年五歳になる伊之助が誘拐されたのは、その梅雨の晴れ間の午下《ひる》りであった。

伊之助というのは、どちらかというと大人しい子で、平素はあまり外へ遊びにも出ないようなところがあったのだが、降り続く長雨に家の中に閉じこめられたあげくの晴天が、子供にも気持よく思われたのか、最初は庭をとび廻っていたものが、乳母がちょっと奥へ入った間に、裏木戸から表へ出たらしい。

戻って来た乳母は、最初、そのことに気づかず、奥庭から中庭を探し廻って、それから外へ出た。

町内をくまなく探しても、伊之助の姿はなく、みかけた者もなかった。

僅かの間に、神かくしにでも遭ったように、伊之助は忽然《こつぜん》と消えてしまったものである。

が、神かくしでなかった証拠には、夕方近所の子が、きれいな小母《おば》さんにことづかったといって一通の文を板倉屋へ持って来た。

ちょうど、伊之助が居なくなったと大さわぎをしている最中で、受け取った番頭が何気なく開いてみると、これが脅迫状で、伊之助を無事に返して欲しければ、今夜半、向島の秋葉様の境内へ、三百両を持って伊之助の母親が一人で来るように、もしも、役人にでも知らせる時には、伊之助の命はないものと思えと、しっかりした筆跡で書かれていた。

板倉屋は大騒動になった。

三百両は大金だが、一人息子の命には替えられないと、相手のいう通り、伊之助の母のおとりが、金を持って向島の秋葉様まで行くことにしたが、これが実は、伊之助が行方不明になったときいて、とんで来ていた出入りの岡っ引の耳に入ってしまった。

この辺りを縄張りにしている、吉助という大変に頭の切れる男で、これが伊之助の母親一人で行くのは、甚《はなは》だ心もとない、万一のことがあっては危いから、ひそかに自分が尾けて行こう、又、秋葉様のほうにも敵に悟られないように手くばりして、伊之助を取り返すと同時に、犯人を一網打尽《いちもうだじん》にしてしまおうという提案をした。

それに、同じ町内で日頃、板倉屋と昵懇《じっこん》にしている町道場の主、佐伯宗右衛門がこの際、手伝いをしたいと申し出て、内弟子二人を連れて一足先に向島へ渡った。

無論、全員が巧妙な変装をして、犯人に気づかれないよう万全の手配をしたわけである。

子《ね》の刻（午前零時）よりは早くに、板倉屋の内儀、おとりは主の重兵衛と共に向島の渡し場にたどりついた。

重兵衛はそこに待って、おとり一人歩いて秋葉神社の境内まで行く。

夜の中に、あらかじめ、吉助とその下っ引の若い連中、それに佐伯宗右衛門ら、およそ八名がひそんでいた。

それを知っているから、重兵衛は不安な中にも安心して、女房の後姿を見送ったのだが、一刻近く経っても、誰も戻って来ない。

重兵衛と共に待っていた鳶《とび》の頭や若い連中が、さんざん迷ったあげく、おそるおそる提灯を下げて秋葉神社の境内まで行ってみると、菖蒲《しょうぶ》池のふちにおとりが血まみれになって死んで居り、その近くに佐伯宗右衛門と二人の内弟子が、そして広い境内のところどころに吉助はじめ下っ引のすべてが死骸となってころがっていた。

しかも、夜があけてみると、板倉屋の大戸の前には、首を締められた、いたいけな伊之助の死体が捨ててあった。

勿論、おとりが持って行った三百両は奪われている。

「なんてひどいことをするんでしょう。なにも、女子供まで殺さなくたって……」

噂をきいて、「かわせみ」でも、早速、お吉が眉《まゆ》をひそめて、るいに報告した。

事件があってから二日目のことで、今日も煙ったような雨である。

「盗人にも三分の理っていいますけど、かどわかしだけは一分の理もありゃしませんよ。お上が一日も早く下手人を捕えて、お仕置にして下さらなかったら、子を持つ親は枕を高くして眠れやしませんって……」

お吉の話をきいているるいは床の中であった。

四日前から風邪をこじらせて、高い熱が出た。

夏の風邪はたちが悪いというが、るいのもそうで、全身がけだるく、咳《せき》が出て、一夜ひどく苦しんだものだ。

熱のために、うつらうつらして、ふと眼をあけてみると、枕許に東吾がすわっていた。

「源さんが、お吉にきいたといって知らせてくれたんだ」

思いがけない恋人の来訪に驚いているるいへ、そういって、東吾は無器用な手つきで、手拭をしぼり、るいの額へあててくれる。

その時は苦しさの余り、ろくな言葉も出ず、ただ、東吾が握りしめてくれた手にすがりつくような思いで眼を閉じていた。

あとで、お吉のいうところによると、東吾は一晩中、るいの背をなでたり、頭を冷やしたり、男にしてはまめまめしい看護ぶりだったという。

「そういっちゃなんですけども、そういうことに馴れてるお方じゃありませんでしょう。それだけに、今度という今度は東吾様ってお方は、実《じつ》があるっていうか、情が深いっていうか、お嬢さんはいいお方とめぐり合ったって思いました」

翌日の午後に、やっと熱が下って、お吉が丹精こめて作った白粥を、これも東吾が危っかしい手つきで、るいの口へ養ってやっているのを、お吉は涙ぐんだような眼でみていてそんなことをいう。

「よせよ、面とむかって、そんなふうにいわれたんじゃ、あんまりでれでれしているようで居たたまれないぜ」

東吾は苦笑し、るいは白粥を食べながら、涙をこぼした。

他人でなくなって数年、晴れて夫婦というわけではないが、東吾の真実を疑ったことは一度もないるいであった。それでも、一緒に暮していない心細さが、こうした病気の時には一ぺんに出て、嬉しいにもかかわらず、すぐ泣けてしまう。

「るいは、いくつになっても泣き虫なんだな」

小火鉢の上で薬を煎《せん》じながら、東吾が笑う。

「そういえば、むかし、そんなに泣くとお嫁にもらってやらないと叱られましたわ」

「俺がそんなことをいったのか」

「ええ、あれは七つか八つの頃、東吾様がるいの人形をぬかるみに落してしまった時でした」

「おぼえていないな」

「るいは、忘れたこと一つもありません」

そんな話が出来るようになったのは、丸二日がすぎて、医者も、もう峠は越えたといってくれたからである。

お吉も嘉助もついていることだし、なにも心配はないからと、いくらるいがいっても、東吾は三日間、「かわせみ」に泊って看病をし、四日目の午に、雨の中を八丁堀へ帰って行った。

翌日は、早々とるいの好物の葛《くず》菓子を買ってやって来て、夜まで枕許にいて、とりとめもなく世間話をして、るいを退屈させない。

そんな日が、又、三日続いて、るいは床上げをした。

まだ無理ではないかと、お吉が案じるのもかまわず髪をあげ、化粧をして、着るものもさっぱりと明るい色をえらんだ。

「大丈夫なのか」

果して、午後になってやって来た東吾は、盛んにまだ寝ていろを連発したが、るいが相手にならないのを知ると、諦めて、病人にはあまりいい話ではないがと話し出した。

るいが寝ている間に、誘拐事件は、又、起っていたのである。

「実をいうと、八丁堀が知ったのも、今朝のことなんだ。子供の親は、ひたかくしにかくしてね」

無論、それは、この前の板倉屋の二の舞をすまいという気持が強かったからで、

「どちらなんですか、今度は……」

東吾のために、茶をいれていたるいが訊ねた。

「御蔵前片町の紀伊国屋市兵衛の娘で、お春という三つの子だったそうだ」

なにしろ、親が後難を怖れて語りたがらないので、くわしいことはわからないが、ほぼ、板倉屋と同じような経過で、犯人から金とひきかえに、子供を返そうといって来たらしい。

今度も三百両で、浅草川にもやってある舟の中へ、金を放り込んで行けという指定に、お春の母親は半信半疑、いわれたように、たった一人で行って、夢中で家へ戻って来た。

「返してくれたんですか、娘さんは……」

「翌朝、近所の小さな稲荷社の前に、ぽつんと立っているのを参詣人がみつけて、紀伊国屋へ連れて来てくれたそうだ」

「まあ、よかった」

「よかったには違えねえが、源さんは心配している」

まるでみせつけるような犯人のやり方だと東吾はいった。

「板倉屋の時は、お上の手を借りたというので皆殺し、今度はどこにも洩らさず、相手のいう通りにしたから、子供はかえって来た」

二つの話をきけば、この先、子供がかどわかされ、身代金をいって来ても、誰もお上には届けなくなる可能性が強い。

「誰しも子は可愛い。金がなけりゃ仕方がないが、なんとか工面《くめん》出来るものなら、子の命には替えられないと思うのが親心じゃあるまいか」

犯人がねらったのもそのあたりで、この先、事件が続出する危険があった。

「一回目が、まずうございましたよ、あの時にもう少し、しっかりしたお手配があったら……」

吉助という岡っ引が功をあせった為に、とんだことになったと、お吉はしたり顔でいう。

「一人、二人じゃありませんね、なにしろ、お上のお手先から道場の先生まで斬られているんですから……」

かなりの数の人間が組んでの犯行だろうというお吉に、東吾は首をふった。

「そりゃわからねえ。が、斬った手口はみんな同じだと源さんがいっていたよ」

「一人で八人も斬ったんですか」

「背中から斬られているのが、何人もあったそうだ」

下手人は不意を襲って、張り込みの連中を倒したとも考えられる。

「大勢の犯行だと、金の分配なんかで仲間割れするとか、尻尾を掴まれやすいんだが、一人や二人のやったことだと、こいつは手を焼くかも知れないな」

東吾の言葉について、るいが口をはさんだ。

「斬ったのは男の人でしょうね」

「並みの女に、ああは斬れまい。大根や人参を切るのとは、わけが違うんだ」

もっとも、るいならどうか、と東吾は悪い冗談をいった。

るいが小太刀を使うのを知っての上の言葉である。

「男の人に、子供がついて行きますかしら」

相手にしないで、るいが続けた。

「大店《おおだな》の子ほど、人みしりするものではありませんか。それが、見知らぬ男に、声をかけられて、連れて行かれたってのが、あたしは腑《ふ》に落ちないんです」

「力ずくということは考えられませんか。いきなり、口をふさいで駕籠《かご》に押し込むとか」

宿帳をるいにみせるためにやって来た嘉助までが話に加わった。

もと八丁堀の鬼同心の娘とその奉公人だっただけに、こういう話になると、誰も眼つきが変ってしまう。

「それもやって出来ないことはないだろうけれど、あたしはもっと穏やかに連れ去ったんじゃないかと思います」

板倉屋の場合も、紀伊国屋の時も、子供がいなくなったのは午下りであった。

どちらかといえば、人眼につきやすい時刻である。

「女が一枚加わっているらしいんだ」

東吾がいった。

「帰って来たお春がいったそうだ。きれいな小母さんが仔猫をもっていた……ついて来たら、もっと可愛いのをくれるといったそうだ」

「そんなことをご存じのくせに、黙っていらっしゃるなんて……」

るいがむくれ、東吾が頭を掻《か》いた。

「源さんが黙っていてくれといったんだ」

「かわせみの、私どもにですか」

そのとき畝源三郎が女中に案内されて入って来た。

「又、やられました。北馬道の味噌問屋、佐野倉安兵衛のところです」

二

僅か半月の中に、誘拐は五件に及んだ。

最初の板倉屋を除いて、残り四件は、全部、親が極内《ごくない》にし、犯人のいうがままに金を出している。

にもかかわらず、無事に戻って来た子は二人だけだった。

佐野倉の子、太一と、小泉屋忠五郎の娘、おはまは、どちらも金を渡した数日後に、大川へ死体となって浮かんでいた。

「ひでえことをしやあがる」

町奉行所は血眼になったが、そうなっても捜査が一向に進まないのは、親達がなかなか、お上に協力しないからで、金を盗《と》られ、子供を殺されたあとになってから訴え出る。

「せめて、文の来た時に知らせてくれりゃなんとか手の打ちようもあるのだが……」

と老練の岡っ引が舌うちしても、板倉屋の前例があるから、それ以上、強いこともいえない。

その朝、東吾は八丁堀を出るところで、定廻り同心の畝源三郎に逢った。

連日、江戸の町を走り廻っている感じの源三郎は、今朝も厳重な足ごしらえをしている。

「狸穴《まみあな》の稽古日ですか」

途中まで一緒にと肩を並べて歩き出しながら、源三郎が話した。

「このところ、町道場を洗っているのですが、奇妙なことがわかりました」

板倉屋の時の例で、誘拐犯人の中に、かなりな遣い手がいることと、

「文の筆づかいが侍なのです」

砕けた書き方をしているが、町人と侍ではこまかなところで言い廻しが異なる。

そんなところから、念のために江戸の町道場へ聞き込みをしていると、

「この頃、町道場を荒らし廻っている女剣士がいるのです」

鹿島新当流、小田ひろ、と名乗り、

「年恰好は、せいぜい二十二、三。色は黒くて、男装をしているそうですが、女には違いありません。それが、凄い遣い手で……」

かなり名の知れた町道場が、片っぱしから彼女に打ち込まれて、手痛い目に遭っているという。

「近頃は、いい加減な町道場が多いからな」

泰平の世の行きつくところはきまっていて、武士が武道で出世が出来なくなり、従って武術の鍛練は二の次になる。

そのかわりに、金のある町人の道楽息子などが、面白半分に竹刀《しない》を振り廻したがって、そういう連中を相手の町道場は、けっこう繁昌もし、数も多い。

いわば、髪結床と同じで、男の集会所のような要素も強いから、先生のほうも腕のたしかなことより、如才のなさとか、口の旨さのほうがものをいう。

「女にぶちのめされるような町道場は潰れたほうが世の中のためになる……」

いいかけて、東吾は源三郎をみた。

「まさか、その女がかどわかしの……」

「まさかと思います。かどわかしの一味なら、そんな目立つことはしないでしょう」

道場破りにあった道場では、いずれも包金を出して、相手に引き取ってもらうのが常識だが、

「その女は、金をとらないそうです」

「ほう……」

「ただ、ここ二年ばかりの間に道場の師範代などになった者がいたら逢わせてくれといって、顔をみて帰るそうです」

「ここ二年ばかりの中にか……」

「どちらかというと、その女が荒らしている道場も、ここ数年の中に新しく出来たものが多いようです」

「誰かを探しているのか」

「そうとしか思えませんが……」

別れ道へ来て、東吾はちょっと悪戯《いたずら》っぽい表情できいた。

「そいつは美人か」

「さあ、一度もそのようにいった者はありませんから……」

大真面目な顔で、源三郎は珍しく陽の当り出した道を日本橋のほうへ歩いて行った。

狸穴に、方月館《ほうげつかん》という道場があった。

主は松浦方斎《まつうらほうさい》といって直心影流をよくしたが、人柄は温厚で、儒学の造詣《ぞうけい》が深かった。

今は練兵館の主人となった斎藤弥九郎が、長いこと師範代をしていた岡田道場の岡田十松と親交が深く、その縁で、斎藤弥九郎が口をきいて、東吾が、この道場の代稽古に通うようになって、もう三年になる。

方斎は、すでに六十を過ぎていて、東吾に道場をまかせるようになってからは、もっぱら書に親しみ、土いじりをして、滅多に竹刀を持つことはなかった。

由緒のある道場だけに、弟子も大名家の江戸詰めの重役の子息とか、旗本の子弟が多い。

東吾の腕は練兵館の斎藤弥九郎の折紙つきだし、稽古はいささか荒っぽいが、熱心で、真面目に通っていれば必ず腕が上ると、評判はいい。

八丁堀の道場の稽古をみているから、東吾は月の半分を狸穴へ来て、時には何日か泊り込んで行くこともある。

終日、稽古に汗を流して、およそ八ツ（午後二時）をすぎた頃、東吾は松浦方斎の供をして、麻布の植木屋まで出かけた。

いい枝ぶりの松だの梅だのをみて、方斎が植木屋の老爺と話し込んでいる間、東吾は藤棚の下の縁台で待っていた。

これは、見事な藤であった。薄紫の大きな花房がいくつも垂れて、あるかなしかの風にかすかに揺れている。

藤の花から東吾はるいを連想していた。

風邪が治ってから一度も行っていないのは、病後のるいの体を思いやってのことであった。

久しく、るいの女躰に触れていないせいか、藤の花の甘い香の中にいるだけで、東吾はなやましい気分になってくる。

一刻《とき》ばかり、植木をみて、東吾にもあれこれと講釈を加えて、方斎はやっと腰を上げた。

この老人は生涯、妻帯せず、従って子もない。

それだけに、孫のような年齢の東吾を気に入って、話し相手にしたがる傾向があった。

帰って来てみると、道場のほうがさわがしい。

方斎を奥へ残して、東吾は道場へ出た。

驚いたのは、そこに女がすわっていたからである。

もっとも、女と気がつくまでに、多少の時間があった。

「こちらの道場の先生に、是非、一手御教授願いたく参上致しました」

胸をはっている姿は堂々としているが、声は、まぎれもなく女である。

名は小田ひろ、鹿島新当流と名乗った。

今朝、畝源三郎からきいたばかりの名前である。

門弟達は、かなり昂《たかぶ》っていた。こうした客は珍しい。相手が女であることも、若者達を興奮させていた。

是非、立ち合せてくれと、何人もが口々にいう。

拒《こば》むわけにも行かなかった。挑《いど》まれて応じなければ卑怯であった。

「大下、立ちなさい」

いつの間に来たのか、方斎が声をかけた。大下右馬助という細川家の家中の若者だ。

腕はこの道場でも十人の中に入る。

若い女は、道具をつけなかった。木刀を所望する。

となると、大下も道具をつけて竹刀でというわけには行かなくなった。

作法通り挨拶をして、二人が道場の中央に立つ。方斎の眼が鋭くなった。

女は、女にしては背の高いほうである。それが、腰を落して正眼に木刀をかまえたまま、ぴたっと静止してしまった。まるで動かない。

大下は盛んに声をかけた、木刀の先に誘いをかけて、激しく動くが、相手は全く乗らなかった。苛《いらだ》立って大きく踏み込もうとした大下の鼻下に、じりっと相手の木刀がつけられた。

「それまで……」

方斎の声が響き、とたんに大下は仰向けにひっくり返った。相手の剣先に圧倒されたのである。

門弟の間にどよめきが起った。女は平然と木刀を下げて立っている。呼吸一つ乱していなかった。

仲間に助けられて起き上った大下の醜態を、女はまたたきもせず、みつめていた。みる人によっては憎々しいまでに落ち着き払っている。

「東吾……」

方斎が呼んだ。

「お相手をするように……」

一礼して、東吾は立ち上った。

大下から木刀を受け取って、女剣士の前へ進む。

「神林東吾でござる」

「よろしく」

二人の足が寄って、ふっと別れた。

水をうったような静けさが、道場内を支配した。

どちらも動かない。

が、同じ静止の状態でも、二人は全く異質であった。

女剣士が立っている周囲の空気は凍りついたようであった。動けば火花が散るような緊迫したものが、女剣士を取り巻いている。

一方の東吾は、春風の中にいた。

師に当る斎藤弥九郎が、東吾を評して春風駘蕩《たいとう》の剣といったことがある。

「東吾の剣は春風の中にいる。のんびりと屈託がなく、打ちこんでも、風のように躱《かわ》されて、つけ入ることが出来ない。これは余人の真似の出来ない、怖るべき剣だ」

それは、斎藤弥九郎の師であった岡田十松の剣に似ていると、弥九郎は語っていた。

弥九郎は、師の晩年に、その剣をみた。

「東吾は若い、若くして、よくぞ、身につけた」

その斎藤弥九郎の激賞する春風駘蕩の中に東吾は立っていた。

どちらも正眼で、微動だにしない。

女剣士の顔から汗が流れていた。肩で荒く息をしている。

東吾の表情は穏やかであった。眼は春風の中の蝶を見ているようであった。

女剣士の剣が僅かに上った。

裂帛《れっぱく》の気合が双方の唇からとんだ。がっと大気がうなって、人々の眼には東吾の木刀が柳のようにしなって、女剣士の木刀に絡《から》みついたかにみえた。

木刀は女剣士の手をはなれて、道場の天井へ鈍い音をたててぶつかっていた。

三

小田ひろの右手は、暫く痺《しび》れたように動かなかった。

東吾の木刀は、彼女の手を打ったわけではなかった。彼女の木刀を巻き上げて、叩き落しただけである。

別室へ、おひろを伴って行き、東吾は井戸水を汲《く》んで、手拭にひたし、おひろの手を冷やしてやった。

「いったい、誰を探しているのです」

縁側へ腰をかけて、東吾はさりげなく訊ねた。

「あなたの探している人物は、二年前に江戸へ来て、相当の遣い手らしいが……」

眼をみはっているおひろに、町道場荒らしの噂をきいていたのだと、東吾は話した。

「しかし、ここへ来るとは思いませんでしたよ」

「私の間違いでございました。このような立派な道場に、尾形が居るわけがございません」

「尾形というのですか」

「尾形彦三郎という男です」

自分の父は、鹿島神社の氏子で、剣を教えていた親代々の兵法者だとおひろは打ちあけた。

鹿島新当流の武芸者、小田元治には二人の娘がいて、姉をおふじ、妹をおひろといった。

姉は母親似で、子供の頃から土地で評判の器量よしだったが、妹のほうはどちらかというと気性も体つきも男のようで、父親は他に男の子もないことから、この娘に早くから剣を教えた。

母親が歿《なくな》った時に、おひろは十七、おふじは十九になっていた。

で、歿った母親の遠縁に当る若者で、源太郎というのを養子に迎え、いずれは、おふじと一緒にして、小田家の跡をとらせることにきめていたのだが、同居して一年目に、源太郎は剣の修行のために、諸国を歩いて来たいといい残し、鹿島を出て行った。

そして二年。

源太郎がまだ帰国しない中に、姉娘おふじが、尾形彦三郎という男とかけおちをしてしまったものだ。

尾形というのは、土地の地侍の子で、かなりの腕をもっていたと、おひろはいった。

「評判のいい男ではございませんでした。女の噂も、始終で……」

姉がどうして、そんな男に惹《ひ》かれて、婚約までした源太郎を裏切ったのか、おひろにはどうしてもわからないという。

「義兄《あに》に申しわけがございません」

父の元治は病中であった。数年前から胸を悪くして休んでいる。

「姉のことを、父の耳に入れたくございませんでした」

父親の世話を、叔母に頼んで出奔して江戸へ出て来たのも、

「義兄が帰って参りますまでに、なんとか姉を尋ねあてて……場合によっては、尾形を討ち果そうと存じました」

それしか、義兄に詫びる方法はないと、二十一の娘は思いつめている。

江戸の町道場を荒らし廻ったのは、

「尾形は口癖のように、自分ほどの腕があれば、江戸へ出て町道場の主になることなど、容易だと自慢をして居りましたし……」

草深い田舎でくすぶっているのは残念だと、なにかにつけて、江戸へ出る機会をねらっていたようなところがあったからで、おふじを連れて江戸へ出たとすれば、まず、身

すぎ世すぎのためにも、適当な町道場あたりへ師範代としてころがり込んでいそうな気がしたからだという。

「こうして居りましても、病んでいる父のことや、いつ、故郷へ帰って参るか知れない義兄のことが気がかりで……」

浅黒い頰に、娘はいつの間にか涙を流していた。

東吾に敗れたことで、心がもろくなっているらしい。

夕方、東吾は松浦方斎の許しを得て、おひろを伴って狸穴を出た。

いったん、八丁堀へ帰って、畝源三郎の屋敷へ行き、ちょうど町廻りから帰って来ていた源三郎に事情を話して、おひろを「かわせみ」へ泊らせるように話した。

「相変らず、東吾さんは人が好いですな」

「かわせみ」から戻って来て、源三郎は笑った。

「尾形何某という男を探し出す手助けをしてやると約束したそうではありませんか」

東吾は照れた。

「話の行きがかり上、そうなったまでだ。源さん、なんとか力を貸してくれないか」

「手前のほうは、それどころではありません。猫の手も借りたいくらいのものでして……」

例の、かどわかしの犯人の探索が全く埒《らち》があかないと暗い表情である。

「こうしている間にも、どこの家に、いたいけな命をねらって、魔の手がのびているかわかりません」

そういわれると東吾にしても返す言葉はなかった。

翌日は、久しぶりに練兵館を訪ねた。

稽古に一汗かいてから、それとなく門弟にきいてみたが、尾形彦三郎らしい剣客の噂など耳にした者はいない。

「鹿島新当流の遣い手といっても、江戸へ出て来て、どれほど通用するか。町道場の主になれるほどの才覚やしるべがあれば別だが……」

昔の仲間にそういわれれば、それももっともな話で、東吾はいささか困惑しながら足を大川端へ向けた。

「かわせみ」へ行ってみると、るいの部屋に楽しそうな声がしていて、

「いいところへいらっしゃいました。お嬢さんがおひろさんのお召しかえを手伝っていらっしゃるところで……」

お吉が笑いながら取り次いでくれた。

二間つづきのるいの部屋の、居間にしているほうへ通されたのだが、次の間との境の襖は閉めっ切りで、なかで衣《きぬ》ずれの音がしきりにしている。いつもなら、なにをしていても、とんでくるるいが出て来ないので、東吾はあてがはずれたように、お吉の運んで来た茶を飲んでいた。

待つこと暫しで、

「お待たせしました。さあおひろさん」

るいが襖をあけて、東吾をみ、それから奥の間のほうへ声をかけた。

「いらっしゃいな。どうぞ……」

うながされて、おひろは襖ぎわに両手を突いた。

東吾はあっけにとられた。

この前、狸穴から連れ帰った時は、男装で、髪も後で一まとめにしてくくっていただけだったのに、それが、濡々《ぬれぬれ》とした娘島田に結い上げられていた。着ているものも、るいの着物を借りたのか、紫に桐の花を染めた友禅に繻子《しゅす》の帯で、これが、木刀を摑んで道場の中央に立っていた女剣士と同一人物とは、どうにも信じ難い。

化粧した顔は浅黒いが、目鼻立ちは、はっきりしていて、花のような愛らしさである。

「こりゃ、源さんにもみせないといけないな」

つい、東吾がいったのは、小田ひろの噂をきいた時、美人かと訊ねた東吾へ答えた源三郎の返事を思い出したからである。

おひろは、るいに再三うながされて、やっと東吾の傍まで来たが、恥かしそうにさしうつむいていて、ろくに返事も出来ない。

「東吾様はいつ、おみえになるかって、何度もきいていらっしゃいましたのよ。ご相談なさりたいことがあるそうですから……」

気をきかせて、るいは台所へ出て行った。東吾のために酒肴《しゅこう》の膳の用意をしながら、心がひどく波立ってくる。

自分より若い娘が、東吾への好意をむきだしにして、東吾に寄り添って話をしていると思うと、胸が痛くなるようであった。

風邪をひいて、東吾に恥かしいような姿をみせてしまったのも、ひょっとして愛想を尽かされるのではないかと悲しくなる。

老番頭の嘉助が蒼白な顔で台所へ入って来たのは、そんな時であった。

「お三代が、かどわかしにあいました」

四

「かわせみ」の老番頭、嘉助には一人娘があった。

お民といって、もう十年ほど前に、神田飯田町の木綿問屋河内屋吉兵衛の許に嫁入りして、三人の子宝に恵まれている。

一番上が、今年八歳になるお三代で、その下が三歳のおせん、末がまだ赤ん坊で、吉太郎という男の子だった。

嘉助にとっては、眼に入れても痛くない孫達である。

殊に総領のお三代は早くから、「かわせみ」にも遊びに来たし、母親が二番目、三番目の子を出産する時は、必ず、「かわせみ」であずかって来たから、嘉助は勿論、るいは我が子のように可愛がってきた。

そのお三代が、かどわかしにあったという知らせが、ひそかに嘉助の許に届いたものだ。

　追いかけるように、吉兵衛夫婦が「かわせみ」に忍んで来た。末の子を背負い、中の娘を連れている。

「八丁堀へかけ込んだのでは、もし、見張られていると大変ですが、こちらなら大丈夫と思いまして……」

　慄《ふる》える手で取り出した手紙には、やはり達筆な男文字で、今夜、丑の刻（午前二時）、柳原土手へ三百両、母親一人で持参すること、お上へ訴え出れば、子供の命はないと型通りに脅しが書き並べてある。

「手紙は誰が持って来たんだ」

　東吾の問いに、吉兵衛が答えた。

「店へ放り込んでありました」

　ただ、たまたま、その時刻に、お三代を探しに外へ出ていた中の娘のおせんが家へ戻って来て、家の前できれいな小母さんに逢ったといったものだ。

　るいと嘉助も、一せいに膝を乗り出したのは、二度目にかどわかしに遭った女の子が、やはり仔猫を持った、きれいな小母さんに連れて行かれたときいているからで、

「どんな小母さんだった……おぼえていることをなんでもいってごらん……」

　おせんはちょっと考えていた。三歳の子である。背が高いとか低いとか、いわれても

はかばかしい答えが出てくるわけはない。

だが、子供の眼は思いがけないものをみていた。

急ぎ足に去りかけた女は手拭をかむっていたのだが、風でその片方がまくれかけた。女が手をのばして、手拭をかむり直したのだが、その時、袖がめくれて、

「小母ちゃんのおててに、お花が咲いてたの、赤いお花が……」

「腕に赤い花……」

蒼白になっていた嘉助の顔に、血の色が浮かんだ。

「ひょっとすると花札のお滝じゃ……」

右の腕に牡丹、背中に菊と紅葉の刺青があって、仲間からそう呼ばれているしたたか者で、

「夜叉《やしゃ》の音吉の色女でしたが……」

音吉がお召捕になってからは、奥山あたりで若い相棒と組んで美人局《つつもたせ》のようなことをしていたときいている。

「このところ、手前もお上の御用から遠ざかって居りましたが……あいつなら、かどわかしもやりかねません」

その時、二階に上っていたおひろが音もなく下りて来た。

若い男が、「かわせみ」の外にいるという。

「おそらく、吉兵衛夫婦を尾けて来た奴だろう」

僅かの間に東吾は決断した。

ことは迅速を要する。

「かわせみ」の裏口から赤ん坊を背負ったお民と吉兵衛が帰って行くのを、途中までおせんを抱いたお吉が見送った。吉兵衛夫婦は「かわせみ」で働いている知人に、中の娘をあずけに来たとみえる恰好である。

そのあとを、男が尾けた。更に、その男のあとを嘉助が尾ける。

その間に、るいは「かわせみ」を抜け出して八丁堀へ走った。

別に東吾はなにくわぬ顔で、おひろと二人、悠々と「かわせみ」を出る。

そして夜になった。

神田飯田町の木綿問屋、河内屋では早くから大戸を下ろして、ひっそりとしていた。

初更に、女が二人、店の戸を叩いた。手代《てだい》がついている。

吉兵衛が顔を出して、女二人を店へ入れた。間もなく、女二人は手代に大きな風呂敷包をしょわせて、吉兵衛に礼をいって店を出た。

綿の打ち直しでも取りに来たような恰好である。

河内屋の大戸は、又、閉った。

それっきり、訪ねてくる人もない。

再び、大戸があいたのは、丑の刻少し前で、手拭に顔を包んだお民が、亭主の吉兵衛に送り出されて外へ出た。

「気をつけて……必ず無事で……」

おろおろと夫婦は手をとり合って泣いているようであった。やがて、気をとり直したようにお民が出かけて行く。見送って、吉兵衛は悄然《しょうぜん》と家の中へ入った。

お民はわきめもふらずに柳原土手へ急いで行った。

夕方から小雨が降り出している。お民は傘を持っていたが、さしてはいなかった。気もそぞろで、傘をさすことも忘れているようである。提灯のあかりが心細げであった。

柳原土手は闇の中であった。

いつもなら、ここにひしめいている夜鷹《よたか》や、そうした女をひやかしにくる客の姿がみえるところだが、流石《さすが》に雨で、それらしい人影もない。

お民は立ち止った。どうしたものかというように、闇の中に立っていた。提灯が、お民の足許だけを照らしている。

そこから、僅かにはなれた古い茶屋のかげに男と女が立っていた。

要心深く、あたりを見廻す。

お民の姿が、しょんぼり立っているだけの土手であった。

「大丈夫のようだな」

男がうなずき、ふと、女の袂を押えた。二人がそっちをみる。

夜鷹の女らしかった。手拭をかぶり、菰《こも》をかかえて、土手のむこうに立っている。

「ちぇっ、雨が降るのにご苦労さまなこった」

男が顎をしゃくって、女がお民へ向って歩き出した。

女の足音をきいて、お民が顔を上げた。

「よく来たね」

お民へ向って、女は手を出した、

「約束のものをお出し、子供は返してやるよ」

「お三代はどこにいます」

お民がいった。

「お三代を返して下さい」

「金を出せっていってるんだよ」

「お三代は無事でしょうか、お三代を返して」

お民が、女にすがりついた。

「なにしやがるんだよ、金を出せっていってるんだ……」

女二人がもみ合う恰好になり、女が叫んだ。

「お前、お民じゃない……誰なんだよ」

男が走った。

「お前さん、騙された、この女はお民じゃないんだ」

「畜生ッ」

男が太刀を抜いた。

「そっちがその気なら……」

お民、いや、るいが傘を捨てた。傘の中にかくして来た小太刀はすでに鞘走《さやばし》っている。

「お滝、気をつけろ」

男が叫んで、猛然とるいに斬りつけた。

るいが躱《かわ》す。

夜鷹の女が走って来た。

「近づくんじゃない。近づくとお前も……」

お滝の制止を無視して、るいの脇に立つ。菰から抜いた白刃が夜目にも鮮やかであった。

「おるいさま」

「おひろさん……」

男の太刀が、がんと大気を斬った。女二人が胡蝶《こちょう》のように左右に散る。

るいが持って来た提灯が、地に落ちて燃え上っていた。

男の顔が、炎の中に浮び上る。

「尾形彦三郎……」

驚愕と共に、おひろが叫んだ。

「なに……」

男がおひろをみた。

「貴様……」

「姉さまを返せ、卑怯者……」

返事のかわりに、尾形彦三郎がわめいた。

「お滝、家へ帰れ、子供を血祭りにしろ。こいつらは俺が殺《や》る」

お滝が走り出そうとする前に、るいが立ちふさがった。

「邪魔するか」

彦三郎がるいに斬りかかり、おひろが彦三郎へ白刃をひらめかした。

雨の中である。

東吾が、かけつけた時、女二人は尾形彦三郎をもて余していた。

「るい……」

正直なもので、つい、東吾は恋人の名を先に呼んだ。

「東吾さま」

るいが応《こた》えて叫ぶ。

「お三代は無事だ……安心しろ……」

声と同時に東吾は尾形彦三郎の前へとび出した。

「おのれ……」

苛立って、体ごとぶつかってくるのを、体をひらきざまに、この前、狸穴の道場でおひろがみたのと同じ、東吾の柔軟な太刀が、彦三郎の白刃を巻きあげて大地へとばした。同時に相手の腰を蹴とばして、立ち直ろうとするところへしたたかな峰打ちである。

「嘉助、縄をかけろ」

呼ばれる前に、嘉助はもうとびついていた。昔とった杵柄《きねづか》で、きりきりと捕縄をかける。

お滝は逃げることを忘れて立ちすくんでいた。

雨が激しく降り出していた。

誰もが、水びたしである。

その中で、お三代の声がした。

「おじいちゃん……おるいさま……」

るいがその声のほうへ、よろめきながら走り出した。

五

嘉助は、娘夫婦のあとを尾けて来た竹松を更に尾けて、尾形彦三郎とお滝のかくれ家を知った。

「今まで、何度も尾けることには馴れて居りましたのに、今夜ばかりは命の縮む思いがしました」

「かわせみ」へ戻って、一段落してから、嘉助が、また興奮して話した。

この尾行に失敗したら、孫娘の命が消える。そう思った時、老練の小者だった嘉助の額から緊張の余りの汗が流れたに違いない。

しかし、嘉助は尾行に成功した。

彦三郎とお滝が出かけるのをみすまして、嘉助の連絡でかけつけた東吾と畝源三郎と一緒に、家へふみ込んで、残っていた竹松と金助を捕え、押入れの中のお三代を救い出した。

「あっちが、ああ旨く行くとわかっていたら、最初から柳原へ出かけているんだった。そうすりゃ、女だてらに大立ち廻りなんぞさせなくて済んだんだが……」

東吾はそういって、頭へ手をやった。

かどわかしの犯人は捕えられたし、お三代も無事だったのに、「かわせみ」のみんなが喜び切れなかったのは、おひろの姉のおふじがすでに死んでいたことであった。

畝源三郎の取調べに、彦三郎が自供したのによると、おふじは江戸へ出て来てすぐに胸を病み、自ら、首をくくって死んだという。

「おそらく、死ねよがしのひどいめにあったものでしょう。その頃、すでに彦三郎はお滝といい仲になっていたようですから……」

姉の死を、おひろは泣かずにきいた。

しかし、投げこみ寺に捨てられていた姉の骨を拾い、「かわせみ」の世話で供養をいとなんだ時には、声が出なくなるほど泣いていた。

「かわいそうに……たった二人きりの姉妹ですのに……」

だが、その翌日、源三郎が「かわせみ」に伴って来たのは、筋骨たくましい侍で、名は小田源太郎。

「今朝、八丁堀にたずねてみえました。瓦版で、尾形のお召捕を知ったそうです……」

おひろは寺へ礼に行っていて、東吾とるいが、まず源太郎に逢った。

源太郎は、おひろを探して江戸へ来たといった。

「鹿島へ帰りまして、義父からすべてをききました……」

実は、自分はおひろが好きだったのだと、源太郎は告白した。

「しかし、その当時、おひろどのは手前よりも剣にすぐれ、剣術以外に心を動かすものはないような有様で……」

一つには、おふじとの縁談を拒むためと、今一つには、おひろ以上の剣士になるため、故郷を発って、修行の旅に出たという。

「そのことを、おふじどのは知っていたのですか」

東吾の問いに、源太郎はうなずいた。

「義父には打ちあけて参りましたから、おそらく……」

とすると、おふじが尾形彦三郎と出奔した理由も、なんとなくわかる。

やがて、おひろが戻って来た。

茫然としているおひろを源太郎の前へ残して、るいと東吾は、自分達の居間へ戻って来た。

二人の様子をみれば、もうお節介の必要はない。

「おひろも、最初から源太郎が好きだったんだろうな」

るいの酌で盃をとりながら、東吾は源三郎にいった。

「女ってのは、時々、変なすね方をするものだ。好きなのに、好きといわずに剣術なんかしてやがって……」

るいがむきになった。

「好きでも好きといえないからですよ。お姉さまのほうが好かれていると思ったら尚更……あたしだって、そういう時は、じっと耐えていると思います」

「源太郎は、おひろが好きだったんだ」

「だって、そういってくれなきゃ、わかりませんもの」

「だから、女は厄介だといってるんだ」

「そんなことおっしゃいますけどね」

るいは、ついに本音をかくし切れなくなった。

「おひろさんは、そりゃ源太郎さんがお好きだったかも知れませんけど……もっと、どなたかさんがお好きみたいでしたよ」

「なに……」

「あたし、わかりましたよ、あの方が、どなたかさんがここへくるのを待って待って……

女らしい恰好をする気になったのだって、どなたかさんにみてもらいたいから……」

「馬鹿、源さんが笑ってるじゃないか」

「だって、あの人は若いし、きれいだし……」

「俺は、どなたかさんのほうが、ずっと若くて、きれいだと思ってるよ」

「嘘……」

「嘘なもんか、なんなら源さんにきいてみろ」

源三郎が大きなくしゃみをした。

「どうも、風邪をひきました。これで失礼して、独り者は早寝をするに限ります」

笑いながら帰って行く律義な友人を見送って、東吾はるいにささやいた。

「あいつ、やっと気をきかすってことをおぼえたらしいぜ」

雨の音も、今夜は気にならない「かわせみ」であった。

梅雨は、まだ続くらしい。

風鈴《ふうりん》が切《き》れた

一

八丁堀の近くまで用足しに行った女中頭のお吉が、帰ってくるなり、るいの部屋へ走り込んで来た。

「東吾様が風鈴を買っていらっしゃるのを見ましたんです」

橋の袂《たもと》に風鈴売りが出ていて、東吾があれこれ選んで金を払っているのを通りすがりにみつけたという。

「余っ程、声をかけようかと思ったんですけれど、お嬢さんを喜ばせようとなすってるんなら、なまじっかなことをしないで、知らん顔をしてたほうがいいだろうと……」

そのまま急いで大川端へ帰って来た。

「今日は、きっと、いらっしゃいますよ」

お吉は、その風鈴が「かわせみ」へ来るものときめている。

「お屋敷へお持ちになったかも知れないのに……」

るいは一応、お吉の早合点をたしなめたが、甘い期待がなかったわけではない。なにも風鈴が欲しいのではないが、東吾の思いやりが嬉しいのだ。

東吾が風鈴を持って来てくれたら、軒のどこに掛けようかと思案してみたりする。

が、その日は夜更けまで待ったが、東吾は来なかった。

翌日も一日、待ちぼうけである。

「どうしちゃったんでしょう、東吾様は……」

お吉は自分がいい出したことだけに、しきりに気を揉んでいるし、るいも、お吉の手前、どうしてよいかわからない。

そんな雰囲気に気をきかしたのか、さりげなく八丁堀へ出かけて行った嘉助が、偶然、畝《うね》源三郎に逢ってきいたところ、東吾は、

「狸穴《まみあな》のほうのお稽古日で、あちらにお泊りになっていらっしゃるそうでございますよ」

ちょうど、お吉が風鈴を買っている東吾をみたという朝からむこうへ行っているという。

狸穴にある方月館という道場の代稽古に、東吾が月の半分くらい、行っているのは無論、るいも知っている。

八丁堀から毎朝、狸穴まで通うこともあるし、むこうへ何日か泊ってくる場合もあった。

「方月館の松浦先生がお具合が悪いそうで……」

方月館の主人である松浦方斎は直心影流の遣い手だが、すでに六十を過ぎた老年で、殊《こと》にここ数年は脚気《かっけ》の持病に悩まされている。

「あのご病気は、夏がいけないそうでございますね」

嘉助の報告で、

「それじゃ、東吾様、お出でになれないわけでございますね」

お吉がしたり顔でいい、るいも、ほっとした。

「折角、お買いになった風鈴が埃《ほこり》になっちまいますね」

それでも、まだお吉は風鈴にこだわっている。

やっと梅雨の明けたばかりの季節で、大川端から永代橋をみると、如何にも夏らしい入道雲が佃島の沖まで広がっている。

東吾がやって来たのは、それから更に五日がすぎた宵の口で、一日中、ひどく蒸して、風もないような晩であった。

待ちかまえていたお吉が早速、風呂場へ案内して東吾が汗を流している間に、るいは手早く、膳を用意した。

遠雷がその頃からしきりに聞え出し、東吾が湯上りで、るいの部屋へ入って来た時は大川からの風が吹きはじめていた。

「いよいよ、来るな……」

縁側に立って、手拭で首筋を拭きながら空を眺めている。

風鈴があったら、さぞかし、いい音色で鳴るだろうと思い、つい、るいは口にした。

「風鈴、お買いになったそうですのね」

東吾はあっけにとられたような顔をした。

「珍しいことをなさるから、お吉がみて、いいつけましたの。いったい、どちらへお持ちになったんですか」

本気で詮索するつもりはなかった。そういえば、おそらく、

「あいつはお前のところへ持って来ようと思って買ったんだ」

と、照れくさそうにいってくれるものと思っていた。

「ああ、あの風鈴か」

東吾は思い出したようであった。

「あれは、狸穴へ持って行ったんだ」

「松浦先生のお見舞ですか」

「いや、近所にいる女按摩にやったんだ」

思いがけないことだったので、るいは茫然とした。

東吾の口から、女按摩などという言葉が出てくるとは予想外のことである。

「松浦先生の療治に来ているんだ。女按摩といっても、近頃、はやりの春をひさぐ種類の奴じゃない。細っこい体をしているのに、力があって、ツボを心得ているから、まことによく効くそうだ」

おみつといって、年は二十二だと、東吾がいったあたりから、るいの胸は穏やかでなくなった。

「娘さんなんですか」

悋気《りんき》はするまいと、自制しながら、つい訊ねてしまう。

「女房だ。亭主は船乗りで、長いこと留守にしている。姉さんが一人いて、三味線の師匠なんだそうだ」

「よく、御存じですのね」

「毎日、松浦先生の療治に来ているんだ。家が飯倉永坂町で、姉さんが送り迎えしているが、先生がそれでは気の毒だと、こっちから迎えに行って、送ってやることにしてね、なにしろ、女按摩には惜しいようないい女だから、若い奴をやって間違いでもあってはいけないと、俺が送り迎えをしたりするものだから、いろいろ身の上話をきくことになる」

「それで、風鈴をわざわざ狸穴までお持ちになりましたの」

「よく気のつく女で、先生にあげてくれと、蜆《しじみ》を煎じて来てくれたりするんだ。なにか、礼をやりたいと思って……なにしろ、目がみえないから苦労して考えたんだ」

徳利を持ったまま、黙ってしまったるいに、東吾が怪訝《けげん》な眼をむけた。

「どうしたんだ」

涙ぐみそうになるのを、るいはこらえた。こんなことで泣いては、あまりに子供っぽいと思われる。

「お吉がいいましたの、東吾様、風鈴を持って、おみえになるだろうって……」

うつむいたるいに、東吾が笑い出した。

「馬鹿、そんなことで泣いてるのか、あんなものが欲しければ、明日にでも買ってやる」

「もう、よろしいんです」

「女按摩にやきもちか……亭主があるんだぞ」

「若い御門弟が間違いを起しそうな、きれいな人なんでしょう」

「俺が間違いなんか起すか」

「存じません」

東吾の手が、るいから徳利を取り上げた。

「来いよ」

「いやです」

「馬鹿だな、るいは……」

東吾が腰を浮かすと、るいは立ち上った。なんとなく、男の手をすりぬけてしまう。

「るい……」

「いやです」

つんとそっぽをむこうとしたとたんに、凄い稲妻だった。雷鳴が稲妻を追って大川端に響き渡る。

夢中で、るいは東吾にしがみついていた。男の手が、軽く、るいを抱き上げた。

「粋な雷さまだな、るい……」

男の胸を握りこぶしで叩いていたるいの力も、すぐ弱くなった。

「お嬢さん、大丈夫ですか、凄い雷さま……」

お吉の声が廊下でしたが、返事がないとわかると、すぐ去った。

雷の音も、稲妻も、すでにるいの耳にはきこえなくなっている。

二人が起き上った時には、さしもに凄《すさま》じかった夕立もやんで、雲の切れめから月がのぞいていた。

「風鈴ぐらいで、妬《や》くなよ」

東吾が笑って、るいの頰を突き、るいは真っ赤になって、櫛を拾った。

畝源三郎が、東吾を訪ねて「かわせみ」へ来たのは翌朝で、東吾とるいが、さしむかいの朝飯を終えたばかりの時刻である。

「昨夜の雷は粋だったが、八丁堀は不粋なもんだ」

早速、東吾はあてこすりをいって、るいにつねられたが、畝源三郎は一向に通じない顔をしている。

「狸穴の松浦先生からお使いがありました。手前が奉行所の前で出会いまして……」

話をきいたと源三郎は前おきした。

「女按摩でおみつというのを御存じですか」

茶をいれていたるいが顔をあげ、東吾はいささか慌てた。

「冗談じゃない。風鈴をやったくらいで、ひどいことになるもんだな」

「風鈴がどうかしたんですか」

源三郎がきょとんとし、すぐに話を戻した。

「おみつの亭主の弥吉というのが、昨夜、人を殺したそうです」

「おい、待ってくれ。あの女の亭主は船乗りで……」

「昨夜、帰って来て、女房が間男しているのをみたといいます。それで、相手の男を殺害したようですが……」

「なにかの間違いじゃないのか、おみつは、間男なんかするような女じゃない筈だ」

るいの視線を感じながら、東吾は、つい、いった。源三郎がうなずいた。

「手前はこれから参ります。松浦先生は東吾さんにも来てもらいたいとおっしゃっているそうですが」

二

今日も、朝から暑い日であった。

狸穴までの道中、東吾も源三郎も麻の着物に表まで汗が通った。

方月館へ行く前に、飯倉の岡っ引で、本職は桶屋の仙五郎のところへ寄って様子を訊いた。

「こりゃあ、旦那……」

思いがけず、定廻りの旦那の直々の出役《しゅつやく》に仙五郎は驚いたらしいが、ほっとしてもいた。

「実は、お指図を受けなけりゃならねえことがございまして……」

これから八丁堀まで出かけるところだったという。

「間男して殺されたのが、お寺社の係なんです」

この先に光照寺という真宗の寺がある。

「そこの住職の永善といいますの の、知り合いで、青山のほうの寺の、やはり住職が間男なんで……」

仙五郎がくすぐったそうな顔をした。

「殺《や》られたのは、おみつの家ですが……ちょっと、ごらん下さいますか」

無論、東吾は望むところで、そのまま、仙五郎を案内にして、照りつける外へ出た。

おみつの住み家は、東吾も知っていた。

何度か、狸穴から迎えにも来たし、送ってもやった。

が、女の住いだから、遠慮して、いつも家の前までである。

「これは、光照寺の家作《かさく》でございまして……」

ちょうど寺の裏側に当る。

細い路地を入ったところの三軒長屋で、目と鼻の先に光照寺の墓地がある。

棟続きの長屋で、造りは全く同じように出来ている。

おみつの家は、三軒の真ん中であった。

向って右隣りは路地から一番近いのだが、今のところ空家であった。おみつの家の左隣りには、息子に先立たれた孤独な老女が一人暮しをしている。

「狸穴の草履問屋の隠居ですが、悴が道楽者で財産を食いつぶし、あげくの果てに、吉原の女郎と心中しちまいましてね。店は人手に渡り、こんなところに逼塞《ひっそく》しているんです」

おみつの家へ入る前に、仙五郎がついでのように説明した。

この家だけが入口の格子戸の近くに朝顔の鉢を並べている。

おみつは姉と二人暮しであった。おはまといって三味線の師匠をしている。

「先刻まで、おみつと一緒に番屋へ呼んでいろいろ取調べましたが、姉のほうだけ家へ帰しましたので……」

多分、居る筈だという仙五郎の言葉通り、おはまは入口で声をかけると、すぐに出て来た。

まだ昼間だというのに、酒くさい息をしている。

「あんまりくさくさするもんですから、ちょっと一杯、飲んじまって……」

座布団を勧める身ごなしがひどく色っぽい。

ぞろりとした縞《しま》の単衣は絹物《きぬもの》で、遊芸の師匠にしても、贅沢《ぜいたく》な身なりであった。

「こちらの旦那に昨夜のことを、もう一ぺん、お話し申すんだ」

仙五郎にうながされて、おはまは薄い唇を開いた。

「こんなことになっちまったのも、弥吉が悪いんですよ。おみつは盲だけど、女盛りには違いないんだし、あの器量だもの、はたが放っときゃしませんて」

「よけいなことは、いわなくてもいい。お前の知ってることだけを申し上げるんだ」

叱られながら、おはまが語ったところによると、昨夜、弥吉が半年ぶりで帰って来た時、おみつの部屋に男が来ていた。

良信という青山のほうの寺の住職である。

「前から、おみつを見染《みそ》めて、光照寺の和尚さんを通して、妾にならないかって話があったんですけども、なんたって亭主のある体ですから……」

おみつにその気はなくて、逢ってきっぱり断るというので、光照寺の永善が良信を伴って、この家へきたのが、五ツ半（午後九時）を過ぎていたという。

「良信さんがおみつの部屋へ入って、あたしは永善さんと下で世間話をしてました。そこへ弥吉が帰って来て……仕方がないから、良信さんの話をしたんです。そしたら、いきなり、台所から出刃庖丁を持ち出して、二階へかけ上って……止めるひまもありゃしませんよ」

慌てて永善が二階へ行ってみると、良信は素っ裸のまま、背中から刺されて血だらけになっていたという。

「弥吉はどうしたんだ」

「あたしは下の部屋にいたから見たわけじゃありませんけど、永善さんが大声を出したんで、びっくりしたのか、階段をころげ落ちるようにして外へとび出したそうですよ」

逃げ出した弥吉は、間もなく永善の知らせで、仙五郎のところの若い連中がとんで来て、光照寺の墓地にかくれているのをみつけて、お縄にした。

「弥吉は手むかい致しませんでした。逃げ去るつもりもなかったようで、最初はひどく昂《たかぶ》っておりましたが、今はもう、神妙にして居ります」

東吾が不意に立ち上った。

「二階をみせてくれ」

仙五郎が心得て先に立つ。

狭い階段を上ったところに六畳ばかりの部屋があって、それがおみつの起居していた場所らしい。二階に部屋はそれ一つで、窓の外は屋根で、そのむこうに墓地がみえた。

窓辺に風鈴が下っている。

東吾がそれをみていると、おはまが早速、いった。

「こちらの先生に頂いたといって、それは喜んで居りましたよ。よく、その辺にすわって風鈴の音に耳を傾けていましてね」

意味ありげに眼だけで微笑する。東吾はいささか当惑した。おみつは、どうやら、姉に誰から風鈴をもらったか話しているらしい。

部屋の中には、家財道具らしいものは、なにもなかった。屋根裏部屋のように殺風景で、階下のおはまの部屋がやや悪趣味なくらいに飾りたてているのとは別世界である。古い畳には、血痕があったが、案外少ない。

「寝てるところを殺されて……布団はもう使いものになりゃしませんよ」

おはまは気味悪そうに、両手を袖の中へ入れて眉をしかめる。

「とっても、こんな家に寝られませんから、今夜は光照寺さんのはなれに泊めてもらうことにしたんです」

それをきいて、仙五郎が、にやっと笑った。

「そいつはお前にとっても、和尚にとっても好都合ってものじゃねえのか」

畝源三郎は丹念に部屋をみて、やがて、三人は、おはまの家を出た。

「おはまってのは、光照寺の住職の妾なんです。この辺じゃみんな知ってることですがね」

仙五郎がいい、源三郎が東吾へきいた。

「東吾さんは、おみつという女と親しいんですか」

聞かないような顔をして、ちゃんと風鈴の一件を耳にしている。

「松浦先生の療治に来るのに、三、四回、送り迎えしてやっただけだ」

裏の坂を上ると光照寺であった。

住職の永善は脂ぎった大男で、どうして、こんな男が坊主になったのかとあきれるほど人間臭がぷんぷんしている。

それでも、すっかりしょげているのは、良信が殺されて女犯《にょぼん》の件がばれてしまったからだが、

「その筋には、だいぶ金を使って、きついお叱りだけで済まそうって了見ですから、食えない坊主ですよ」

仙五郎のところへも、迷惑をかけたからと金包が届いたが、

「あっしは突っ返しました。坊主から袖の下をもらおうとは思いませんからね」

そのせいか、永善はかえって居直ったような態度であった。

「たしかに、良信をあの家へ連れて行ったのは手前ですが、それもおみつが逢ってもいいというからで……別にとりもちをしたわけではございません」

こんなことになって迷惑をしているといいたげな口ぶりである。

「お前と、殺された良信とは、かなり親しいのか」

東吾が口をはさんだ。

「いえ、まあ、同じ宗旨でございますから、行き来はございますが……」

「良信に弱味でも握られているのか」

永善は坊主頭をふりたてた。

「とんでもない。弱味などとは……」

「そいつはおかしいじゃないか。とりたてて親しくもない、弱味もないのに、どうしておみつを世話しようとしたんだ」

「いえ……」

永善は汗を拭き、肩をすくめた。

「良信は手前が、その、おはまとねんごろなことを知って居りまして、それで……弱味といえば、そうかも知れません。おみつからも、頼まれて居りました。なにせ、眼が不自由でございますから、いつ帰ってくるかわからない亭主では心細くもあったのでございましょう、おはまも心配して居りましたし……」

「いつ帰ってくるかわからない亭主でも、亭主は亭主だぜ。人の女房に不義密通をすめるとは、どういう了見かね」

東吾に追及されると、永善はむきになった。

「たしかにおっしゃる通りではございますが、おみつは弥吉と晴れて夫婦になったわけではございません」

弥吉がおみつのところへころがり込んだだけで、

「お上にお届けを致して居りません」

「坊主の妾になったら、晴れて、お上へお届けが出来るのか」

今日の東吾は辛辣《しんらつ》で、

「それはそうでございますが……」

永善は、いやな顔をして黙り込んだ。

三

番屋へ廻って、弥吉に逢った。

船乗りにしては、そう体格のいいほうではない。まだ二十五、六だろう、如何にも血の気の多そうな男で、こういうのがかっとすると、なにをやり出すか知れない危うさがある。

流石《さすが》に蒼ざめていて、今朝からなにも食べないという。

「食わなけりゃいけないな。盗人にも三分の理があるというんだ。お前だって、伊達《だて》や酔狂で坊主を殺したわけじゃあるまい。いわば、間男で、女犯の坊主を殺したんだ。お上だって、その辺のところは考えて下さるだろう。あんまり、思いつめるんじゃねえ」

東吾がいうと、弥吉は眼に涙を浮かべた。

「あっしはどうなってもいいんです。おみつがあんなことをしやがるなんて、俺には神も仏もねえんですよ」

女房のために、少しでも金が欲しい、おみつを楽にしてやりたいと思って、人一倍、働いたと弥吉はいった。

「半年も家へ帰れなかったのも、そのほうが銭になったからで……よもや、おみつが間男するような女だったとは、夢にも思っていませんでした」

「お前が帰って来た時、良信は来ていたんだな」

「へえ、おはまの奴が二階へ行こうとするのをとめるんです。様子がおかしいと思って、無理に二階へ上ろうとすると、永善が出て来て、おはまの部屋にひっぱり込まれました」

そこで、はじめて、おみつが良信と逢っていることを知ったという。

「あっしは、もう、かっとして、夢中で台所へとび込んで出刃庖丁をつかんで……殺すつもりはなかったんです。おどかしてやるような気で……」

二階は灯が消えていた。

女の激しい息づかいが聞え、弥吉は逆上した。

「手さぐりで近づいたら、坊主頭が手にさわったんです。あとは夢中で……」

はっとしたのは、上って来た永善が、

「人殺し」

と叫んだためで、

「どうやって階段を下りたのか、墓地でつかまるまで、なにをしていたのか、自分でもよくわかりません」

「お前が、良信を刺した時、おみつはなにをしていたんだ」

「さあ、部屋はまっ暗でしたし、あっしも、わけがわからなくて……」

「おみつは、なにかいわなかったか」

「きいていません」

おそらく仰天して、声も出なかったのだろうと、弥吉はいった。

「とにかく、気をしっかり持つんだな。お前の気持はわかるが、世の中、そう、まっ暗闇ばかりじゃねえ。お上も馬鹿じゃねえ、食うものを食って、しゃんとしていれば、ひょっとしていい知らせをきかねえこともねえんだ」

東吾は、すっかり源三郎のお株をとったようなことをいって、腰を上げた。

源三郎は苦笑してついてくる。

「おみつに逢いますか」

そのおみつは、同じ番屋の別の部屋で、仙五郎の若い連中に見張られていた。

「気が狂ったみてえに泣いてばっかしいるんです」

若いお手先が、仙五郎に眉をひそめていった。

「弥吉とは逢わしたのか」

「へえ、逢わしてくれってききませんので、格子越しに……」

「なにか、いったか」

「おみつは、無実だっていいました。良信とねんごろにしたおぼえはないというんです」

「しかし、弥吉がみたんだ。一つ布団で重なり合っているのを……よがり声まできかれちまって、おぼえがねえもすさまじいな」

あけすけにいい、仙五郎は忌々しそうにおみつのほうをみる。

部屋のすみで、おみつはもう出なくなった声を咽喉《のど》のあたりで痙攣《けいれん》させながら、泣いている。

「ですから、弥吉のほうは相手にしません。むこうへ連れて行ってくれ、顔もみたくないと申しました」

きいていた東吾が、おみつに近づいた。

「俺だ、わかるか」

声をかけられて、おみつは耳をそばだて体を起しかけた。

「神林先生ですか」

「そうだ、神林だ……」

手さぐりで、おみつが東吾にすがりついた。

「きいて下さい。あたし、なんにもしていません。うちの人は、誰かに嵌《は》められたんです。なにかの間違いなんです」

遮二無二、抱きつかれて、東吾は源三郎や岡っ引の手前、いくらか照れた。

「暫く、おみつと話したいんだ」

東吾がいい、源三郎が仙五郎だけを残して若い連中を去らせた。

「落ちついて話をするんだ」

おみつの背を軽く叩いて、東吾はすわり直した。

「お前は良信という坊主を知っていたのか」

「名前はきいていました。姉さんから、その人があたしを妾にっていってることも……ことわったんです。冗談じゃありません。あたしには弥吉さんがいるんですから……」

眼が不自由なために、平素は口数も少なく、低い声で喋るおみつが、我を忘れたように大声で訴えた。

「姉さんが一度だけ逢ってくれって、間へ入って永善さんが困っているから、自分の口から弥吉さんのことを話して、きっぱりことわってくれれば、先方もあきらめるだろうし、自分がついていて、馬鹿なことはさせないからといったんです」

「それが昨夜か」

「はい……」

「くわしく話すんだ。昨夜のことを……」

おみつは首を少しまげ、必死な表情になった。

眼が不自由でなければ、何々小町と呼ばれそうな器量である。どこか寂しいが、それだけに男心をそそるものがある。

女好きの坊主が妾にと執心するのは無理もないと東吾は考えていた。

「日の暮に、姉さんと湯屋へ行きました。帰りがけに良信さんが来るってこと、きかされたんです」

家へ帰って、二階までおはまが連れて来た。

「じっとして待っていろって、下にはもう良信さんが来ていて、永善さんが話をしているから、下りて来てはいけないって……」

おみつはじっと待った。

「随分、長いような気がしました。怖いのと、心配なので……あたし……」

何度も姉を呼び、階下《した》へ行こうかと思ったが、良信に気づかれてはいけないと思い直した。

「その中に誰かが上って来たんです」

誰、と叫んだが返事がなかった。

「人が揉み合うような気配がして、永善さんの声が人殺しってきこえたような気がします。そしたら、姉さんがあたしの手をとって、こっちへおいでって……」

一度、家の外へ出て、

「危いから、ここにいるようにって……でも、すぐ、又、家の中へ連れて入ってくれました」

そこで、はじめて弥吉が良信を殺したといわれた。

「おかしいんです。あたし、良信さんに抱かれてなんかいません。どうして、弥吉さんが良信さんを殺したのか……」

「人が上って来たといったな」

静かに、東吾は訊ねた。

「お前の体に手も触れなかったのか」

「肩にさわったような気がします。でも、あたし、逃げました……」

「声はきかなかったのか」

「なんにも喋りません」

「男だったんだな」

「ええ」

「眼はみえなくても、匂いはわかるだろう。その男について、なにか気がついたことはないのか」

「夢中でしたから……それに怖しくて……ただ、お線香の匂いがしました」

良信は坊主である。

「上ってきた男が下りて行く足音はきいたんだな」

「はい……」

「永善が人殺しと叫んだそうだが、永善の上ってくる足音はきいたのか……」

「はい……足音がして、すぐ人殺しって……」

「おはまが上ってきたのは、男が下りて行ってからだな」

「それは……わかりません。足音が入り乱れた感じで……あたしも仰天してましたから、気がついたら、姉さんがあたしの手を握ってくれてたんです」

　東吾が考え込んだ。

「お前、自分の傍で、人が殺されたら、わかるか……」

　おみつがうなずいた。

「わかると思います」

　慄えながら、つけ加えた。

「もし、出刃庖丁で刺したなら、血の匂いもするのじゃないかと思うんです」

「しなかったのか」

「はい」

「人が殺された気配は感じなかったんだな」

「はい……」

「弥吉がお前の傍に来たら、わかるか」

　それにも、おみつは頰を染めながら、うなずいた。

「わかります。あの人の匂いは、知っていますから……」

「弥吉が部屋に入って来たと思うか」

「いいえ」

「お前が、お前の部屋にいる間に、あそこへ弥吉が来て、良信を殺したとは思えないというんだな」

「はい……」

少し、ためらってから、東吾はおみつを「かわせみ」へ送ってくれと源三郎にいった。

「姉のところへ帰したくないんだ」

おみつも姉の許へ帰りたくないといっている。

「いいんですか」

ちょっと笑って、源三郎は仙五郎へその手配を命じた。

「俺の知り合いの家だ、安心して厄介になっていろ。今夜は俺もそっちへ行く」

東吾にそういわれて、おみつは心細そうにうなずいた。

「奇妙なことになりましたね」

番屋を出て、方月館へむかいながら、源三郎が東吾へいった。

「おみつの話だけがくい違っています」

「源さん、どう思う」

「一つは、おみつが嘘をいっているということでしょう」

弥吉が人殺しをしたのではないと、亭主をかばう気持と、

「やはり、犯されたというのは女としてどうでしょうか」

人の女房の身で、坊主とねんごろにしていたというのは、恥かしいに違いない。かくせるものなら、かくし通したいのが女心だろうと源三郎はいう。

「俺は、あいつの言い分を信じてやりたいんだ」

道のすみに蕎麦屋の暖簾《のれん》がある。看板に信州更科《さらしな》蕎麦所と書いてあった。

幸い、もう時分どきはとっくに過ぎていて、店はすいていた。

「弥吉が二階へ行った時、まっ暗だったといっていたな。暗い中で男と女が抱き合っていた、弥吉は手さぐりで男を捕え、刺したんだ。あとから上って来た永善は、どうして、いきなり人殺しと叫んだのか。暗い中だったんだぜ」

「それこそ、血の匂いとか、前後の様子で判断したのではありませんか。人間は仰天すると人殺しでもないのに、人殺しとどなることがあるものです」

「おはまは、妹が良信の世話になればよいと思っていたのではないのかな。弥吉が稼いでくる銭は知れている……弥吉よりも良信のほうが……」

「しかし、弥吉が良信を殺してしまっては、なんにもならないでしょう。それこそ、あぶはちとらずです」

東吾は汗だらけの顔で腕を組んだ。

「俺はどうしても、ひっかかるんだ」

方月館へ行って、松浦方斎に事件の経過を説明してから、東吾は再び飯倉永坂町へ足をむけた。

どっちにしても、帰り道ではある。

もう一度、現場へ寄ってみたいという東吾へ、源三郎はいやな顔もせずに、つき合った。

流石《さすが》に夕方で、風も出て、暑さもさっき来た時より、よほど和らいでいる。

三軒長屋は西陽の下にあった。

最初の一軒は空家だし、中の家は、おはまが寺のはなれへ移ってしまったらしく、ひっそりとしている。

東吾と源三郎が路地へ入ると、老女が外へ七輪を持ち出して、魚を焼いていた。

一番奥の家の住人らしい。

「狸穴《まみあな》の草履問屋の隠居だといいましたね」

そっと源三郎がささやき、東吾もそっちをみた。成程どこかに大家の隠居らしさが残っている。路地へ入って来た二人を、ちらとみた眼も昂然としていた。

「ちょっと、ものを訊ねたいが……」

東吾が近づいた。老女は黙って、眺めている。神経質そうな眼の色であった。

「昨夜のさわぎは、知っているだろうが」

老女が肯定した。

雷が鳴って、風が出て、やっと涼しくなって来たと思いながら、うとうととしていると、下から伊之助が上って来て、隣りがさわいでいると教えた。

「伊之助……」

東吾が源三郎をみた。仙五郎は老女を一人暮しと教えた筈だ。

「孫が来ていたんですよ。日本橋のお店に奉公しているんですがね、親の祥月命日で昨日夕方から、帰らしてもらって、今日、又、日本橋へ帰ったんです」

孫の話をする時だけ、口調が柔かくなった。

奉公しているのは、日本橋の海苔《のり》問屋だという。

「世が世なら、奉公人を使う店の主人になる子なのに……」

「いつも、二階に寝ているのか」

「二階のほうが、いくらか凌《しの》ぎやすいんですよ」

近所とは全くといってよいほどつき合っていない。

「零落《れいらく》した隠居と思われるのは、いやですからね」

老女の愚痴をいい加減にして、東吾と源三郎はおはまの家の戸をあけた。誰もいない。

東吾はまっすぐに二階へ上った。

しめっきりになっているから、むっとするほど暑い。窓をあけた。窓の下が階下の屋根で右隣りとも左隣りとも続いていた。屋根の上を歩いて行く気になれば、身軽な者なら往来出来ないことはない。

窓から顔を出してみて気がついたことだが、左隣りの老女の部屋と、この部屋は近かった。窓が同じ側についていて、顔を両方から出せば、らくに話が出来る距離である。

「窓があいていれば、かなり話し声がきこえますね」

それにくらべて、空家のほうは少し距離があった。

窓と窓が、かなり遠い。

「空家に入ってみますか」

隣りへ行ってみて、そのわけがわかった。入口も似たりよったりだし、二階への上り口も二階も同じなのに、その空家だけは階下が二部屋広かった。階下の広さだけ、二階が隣家とはなれているわけである。

「この家には人が居ないわけだな」

東吾がいった。

「もし、眼のみえない者が、この家の二階へ連れて来られたとしたら、ここが自分の家だと思い込んで、すわっていたとしたら、どうだ」

「おみつが昨夜、ここに居たということですね」

源三郎も考えていた。

「わかりませんが、盲人というのは、別な感覚があるでしょうから……」

別にいった。

「東吾さんは、光照寺の住職とおはまが仕組んで、弥吉に良信を殺させたと考えているんですか」

「永善に、良信を殺さねばならない理由があればの話だ。それと、そうするには、弥吉が昨夜、帰ってくることを、あらかじめ、おはまが知っていなけりゃならないことになる」

空家を出て、もう一度、おはまの家へ戻った。

「では、永善に良信を殺す理由があり、おはまが弥吉の帰ってくるのを知っていたとしましょう。いったい、どうやったと思いますか」

「弥吉が帰って来た時に、良信は二階にいたんだ」

「おそらく、おみつに逢わせるといって永善がここに誘い出したんだろう」

「それはわかります」

「弥吉が帰ってきた。おはまが二階にやらないようにとめ、弥吉があやしんで、永善が出て来て、弥吉をともかくも、おはまの部屋へ連れて行った。ここで永善が弥吉に、おみつと良信の話をしたといったな。それから、弥吉が出刃庖丁を持って二階へ行って、暗闇の中で男女の睦《むつ》み合っている声をきいて、逆上し、良信を刺した……」

「そのためには、おみつは二階に居なければなりませんね」

おみつがいなければ、良信は二階に一人で待っていたことになる。

「灯が消えていたのも、不自然ですし、女と抱き合っていたからこそ、弥吉が逆上したわけでしょう」

「そりゃあそうだ」

ふと、東吾の眼が風鈴で止った。窓から風が吹きこんでいるのに、音がない。近づいて、東吾はその理由を知った。

風鈴には、玉に下ている短冊がなかった。短冊が風に揺れて音を出す仕組みの風鈴は、短冊がなければ鳴らない。

ている。

「まだ新しいんだ。古くなって切れたんじゃない」

糸から力まかせにひきちぎったようであった。風の中で、風鈴はひっそりと軒に下っ

「切れたんですか」

四

いくつかの聞き込みを、源三郎に頼んで、東吾は大川端へ帰った。

おみつは、「梅の間」に通されていた。

「先刻、狸穴の親分の若い者が、畝の旦那のおいいつけだといって連れてみえました」

嘉助がいい、東吾はるいの部屋へ行かず、梅の間へ直行した。

おみつはしょんぼりとすわっていたが、東吾の足音で、もう、腰を上げかけている。

梅の間に、るいが居た。

「晩飾をおすすめしたんですけれど、神林先生がおみえになるまではって、おっしゃって……」

これが、例の女按摩だと、るいも気がついているようであった。が、東吾はるいの思惑を気にしなかった。

「お前、昨夜、姉さんと湯屋へ行って、家へ帰って来た時、なにかおかしいと思わなかったか」

いきなり訊かれて、おみつは不安そうであった。

「たしかに、お前の部屋だったと思うか」

湯屋から帰って来て、良信を待っていた部屋である。

「はい」

不安そうなまま、おみつがうなずいた。

「どうして、自分の部屋だとわかるんだ。もしかすると、隣りの空家の二階だったかも知れないんだぞ」

「そんなことはございません」

きっぱり、おみつがいった。

「風鈴が鳴って居りましたもの、私の部屋に間違いありません」

「風鈴……」

るいが東吾をみつめ、東吾はちょっとひるんだが、すぐにいった。

「風鈴の短冊が切れていたぞ。いつ、切れたんだ」

「短冊……」

「あいつが風に揺れて風鈴が鳴る。短冊がなかったら、鳴らないんだ」

「鳴っておりました。午後に松浦先生のところへ療治に行く時も……」

療治から帰ってきた時は、入口で姉が待っていて、そのまま湯屋へ行った。

「でも、湯屋から帰って来た時は、ちゃんと鳴っておりました」

さわぎが起ってからは二階へ行っていないとおみつはいった。

「姉さんと外へ出て、それからあとは姉さんの部屋にいて、そのあとは番屋へ行き……」

東吾が考え込んだ。

弥吉が良信を刺したのは、布団の上である。良信はそこで死んだ。窓から逃げようとして争った形跡はない。弥吉も階段から外へ出ている。

短冊が切れるような場合が思いつかない。なにかのはずみで切れたにしてはおかしかった。短冊を力一杯ひっぱれば、糸が切れるよりも風鈴自体が軒から落ちそうに思えた。あれは、短冊の糸を持って、千切った痕である。

「あの風鈴のことで、なにかないか、なんでもいい、思い出してみてくれ」

東吾にうながされて、おみつはすぐ答えなかった。少し、ためらって遠慮そうにいった。

「お隣りのおていさんにいわれたことがあります。風鈴の音がうるさくてねむれないと……」

東吾は驚いた。風鈴の音は涼をさそうという、その音を嫌う女も世の中にはいたのだ。

「あの人は、いつも苛々《いらいら》してましたから、つらいんだと思います。立派な大店の御隠居さまが、零落して、あんなところで暮しているのですから……」

今までにも、雨戸のしめ方が響くとか、始終、叱言《こごと》が絶えなかったという。

「大方のことは、いわれる通りに気をつけていました。でも、風鈴だけは、あたしの楽しみでしたから……」

「風鈴の音の苦情を、お前は誰かに話したか」

「いいえ、誰にも……」

「もう一つ、弥吉はいつも不意に帰ってくるのか、それとも……」

「品川に船が着くと、すぐ人にたのんで帰る日を知らせて来ました。荷揚げに二日くらいかかって品川にいますけれど……不意に帰ったのは、今度がはじめてです」

東吾は梅の間を出た。

「嘉助をかしてくれ」

ついて来たるいにいう。

「今夜、あの女を泊めてやってくれ」

嘉助を連れて、慌しく「かわせみ」をとび出した東吾は日本橋へ行った。

「伊之助という小僧が奉公しているんだ。ちょいと、呼び出してくれないか」

道々、大体の話はしてあるから、嘉助は心得て、店の裏口へ廻って行った。待つほどもなく十三、四歳の少年を伴って戻ってくる。

「お前、昨日、親の祥月命日で帰った時、ばあさんからなにか頼まれたろう、かくさず、いうんだ。風鈴の短冊を千切ったのは、お前の仕業だな」

東吾の当て推量に伊之助はうなだれた。

「おばあさんが、音がうるさくて、気が狂いそうだというもんだから……」

「そいつはいいんだ。ちぎったのは、いつ頃だか、おぼえているか」

おみつが療治に出かけてすぐだと伊之助はいった。

「屋根から入って……悪いとは思ったけども、おばあさんがかわいそうだったから……」

「おかげで面白いことがわかった。助かったよ」

嘉助に或ることを頼み、東吾は八丁堀へ帰った。

このところ、外泊続きで、いささか兄の手前、きまりが悪い。

神妙に兄嫁の香苗の給仕で食事をすませ、自分の部屋へ落ちつくと、間もなく畝源三郎が嘉助を伴って戻ってきた。

「どうやら、東吾さんの見込み通りです」

光照寺の永善は金に困っていたという。良信からかなりの金を借りて返済のあてがなかった。

「坊主のくせに、米相場に手を出していたようです」

おみつの世話をしたのも、そのためだし、

「良信を殺したい動機はありました」

「良信の死体はあらためて来ただろうな」

「勿論です。突き傷は背中から二つ、その他に首をしめた痕があります」

「弥吉は良信の首をしめたといったのか」

「おぼえていないそうです。ただ、夢中だったから、なにをしたか自信がないといっています」

「そうだろう」

東吾は嬉しそうであった。

「もう一つ、弥吉は品川からいつものように仲間にたのんで、昨夜、帰ることを知らせていります。おはまは誰も来なかったといいますが……隣りの老女が、それらしい使いが来て、おはまにことづけをいっているのをみたと申しています」

「平仄《ひょうそく》は合ったぜ」

東吾は膝を乗り出した。

「永善はおみつに逢わせるといって良信をおみつの部屋へ連れて行った。最初からおはまと組んで、良信を殺し、罪を弥吉にかぶせる気だったんだ」

まず、永善が良信をしめ殺す。弥吉が帰って来て、永善が話をしている間に、おはまが二階へ上って、

「良信の死体と抱き合って、それらしくみせたのはおはまなんだ。そう考えると納得が行く。あの女ならそれくらいの芝居はしてのけるだろう」

逆上している弥吉は、おはまをおみつと思い、手に触った良信を刺した。

「良信が生きていたにしちゃ、あんまり抵抗がなさすぎると思ったんだ。声もあげずに二突きもされるのが可笑しい」

どちらかといえば殺された良信のほうが大男だし、

「争いになれば、血の痕があっちこっちに残る筈だ」

「おみつは、やはり隣家にいたのですか」

それに答えるかわりに、嘉助が手拭にくるんで来た真新しい風鈴を出した。

隣家の空家の押入れにあったという。

嘉助に隣家の家さがしを命じたのは、無論、東吾であった。

「おみつの風鈴の短冊を伊之助が切っていたのを、おはまは知らなかった。別の風鈴でも風鈴の音がしていれば、造作は同じだし、おみつが、てっきり自分の家にいると思うだろうと考えた。悪智恵は、かなりなもんだよ」

湯屋からまっすぐに自分の家と思わせて隣家の二階へ連れて行き、その間に良信を殺した永善と一芝居うって、弥吉を欺《だま》した。

「そのあとで、隣家へ来て、おみつを混乱させるために、永善と二人で、又、もう一芝居うってから、おみつを外へ連れだして、今度は自分の家へ連れて帰った……おそらく、間違いないと思うが……」

「只今、仙五郎がおはまを番屋へ呼んで、責めています」

寺社にも手をうったから、永善をしょっぴくのも時間の問題だといい、源三郎は嘉助から風鈴を受けとって、慌しく狸穴へひき返して行った。

「どうも、今度は、いいように東吾さんにひき廻されました」

玄関まで送って出た東吾に、笑いながらささやいた。

「事件が片づきましたから、なるべく早々に風鈴を買ってかわせみにお持ちになることですよ」

嘉助が傍から小腰をかがめた。

「手前も、それをお待ち申して居ります」

東吾は負けずに、にやりと笑った。

「風鈴は明日、るいと出かけて買ってやるさ。俺はこれから、かわせみへ行くんだ」

夜は、又、ひどく蒸し暑くなりそうであった。

天の川が頭上に白い。

女《おんな》がひとり

一

柳橋の信濃屋を出た時から、遠雷がきこえていた。

駕籠《かご》を呼ぶからという信濃屋の主人の勧めを辞退してしまったのは、船宿まで歩いても僅かな距離だったし、香苗が途中で買い物をしたいといったからである。

信濃屋と柳橋の船宿の、ちょうど中間のあたりに、時雨《しぐれ》蛤《はまぐり》を売る店があり、それが、兄の神林通之進の好物でもあることは、東吾も知っている。

「まず船宿までは保《も》つでしょう」

空を見上げて東吾がいい、香苗も急ぎ足で信濃屋を出た。

香苗の、昔、乳母だった女が信濃屋へ再婚して、もう二十年余りになる。おすがという、その女が梅雨の頃に外でころんで、それっきり寝ついているときいて、見舞に来た香苗の供をして、東吾も一緒に柳橋まで来た帰りのことである。

降り出すまで、まだ間があると考えた東吾の予想よりも、夕立の訪れは早かった。

時雨蛤を買っている頃から、あたりが暗くなり、香苗をせかして小走りに船宿へ急いだが、ぽつりぽつりと来たかと思うと、忽《たちま》ち滝のような大雨である。

「義姉上《あね》、こちらへ……」

咄嗟《とっさ》に、東吾は香苗の手をひいて近くの家の軒先へとび込んだ。

幸い、軒のすぐ前に柿の大木があって、厚く葉が茂っていることもあり、軒の奥に身をちぢめている限り、そう濡れることもない。

要心のために借りて来た傘を、香苗の足許へひろげて、地面から上る泥はねを防ぎながら、東吾は空を眺めた。

まだ八ツ（午後二時）すぎなのにあたりは薄暗くなっている。香苗は東吾の背に顔を伏せるようにしていた。

雨の音にまじって奇妙な泣き声をきいたのは、雷鳴がいくらか遠くなりかけた時である。

無意識に、東吾は背後の窓をふりむいた。

窓の障子は半分、開いたままになっていて、そこから格子越しに部屋の内がみえる。

うめき声がした。

覗《のぞ》いていて、東吾がはっとしたのは、男と女が大胆に絡み合っていたからである。どちらも半裸に近い恰好であった。

暗い中に女の肌が、なまなましいほど白くみえた。

慌てて、眼を逸《そ》らすと、不審そうに香苗が訊ねた。

「御病人が苦しんでいるようですけれど……」

東吾は狼狽《ろうばい》して、答えた。

「いや、違うようです」

部屋の中から、はっきり、あの時の女の叫び声がきこえて来た。男の荒々しい息づかいが、それに交る。

流石《さすが》に、香苗も気がついたらしい。あっという表情になり、衿元《えりもと》まで真っ赤になってしまった。

東吾は困惑して、空を眺めた。

雨はまだ衰えそうもない。

「いや、動かないで……」

かすれたような、甘い女の声がして、

「暑くって仕様がねえや。みろ、汗でびっしょりだぜ」

男の声が、いくらか邪慳《じやけん》にきこえた。

「あたしを捨てないで、お金なら、なんとか、又、都合してくるから……」

「少し、まとまって欲しいんだ。はした金じゃ、どうにもならねえ」

灰吹きに煙管《きせる》を叩きつける音がして、女が低い調子でなにかいっている。

とんだところへ雨宿りをしてしまったと、東吾は苦笑した。

雨を避けるためと、兄嫁と義弟という気安さで、狭い軒下に肩を寄せ合っていたのが、こうなると、なんとも具合が悪かった。といって、今更らしく、体を遠ざけるのも、尚更ぎこちなく不自然である。

香苗はうつむいたまま、地面に叩きつける雨足を眺めているし、東吾は空ばかりみていた。

一刻も早く、雨が上ってもらいたいと思うのに、相変らずのどしゃ降りである。

部屋の中で、帯を結んでいる気配がした。

情事はどうやら終ったらしい。

そのかわり、今度は延々《えんえん》と痴話が続いている。

やっと小降りになった。

「ぼつぼつ、出かけますか」

東吾が声をかけると、香苗が救われたようにうなずいた。

香苗に傘をさしかけてやって、ぬかるみに気をつけながら歩きかけると、背後で戸のあく音がして、

「よかった。雨が上ったようですよ」

傘をさし、裾をからげて、その女は東吾と香苗の脇をすりぬけるようにして道へ出た。

細面《ほそおもて》の、どこか寂しい感じだが、男好きのする器量である。年は二十二、三か。大柄な浴衣《ゆかた》がよく似合って、洗い髪をぐいと一まとめにして珊瑚《さんご》のかんざしで止めている。

女のあとに続く恰好で、東吾と香苗は船宿へ向った。女と行く方角が同じなのである。

どこか、けだるそうに歩いて行く女を、なんとも、くすぐったい気持で眺めながら、暫く行くと、女が傘をつぼめて、一軒の家へ入って行った。

ほていや、と看板の出た一膳飯屋である。

この店の女中でもあろうかと、思い、東吾はその店の前を通りすぎた。

船宿に着く頃には、雨はきれいに上り、舟で大川を八丁堀へ帰る途中で陽がさして来た。

考えてみると、夕暮には、まだ間のある刻限である。

一膳飯屋の混雑するのは午飯《ひるめし》どきと、夕方からである。店のひまな時刻をねらって、媾曳《あいびき》に出たものだろうか、昼日中から大胆なものだと東吾は、つまらないことに感心していた。

「かわせみ」へ行って、るいにその話をしたのは、二日ほど後の夜である。

「あきれた方、それじゃまるで、のぞき見じゃありませんか」

るいが眉をひそめて笑った。

「馬鹿、覗《のぞ》こうと思って覗いたわけじゃない」

「でも、面白がって、みておいでだったのでしょう」

「みるものか、義姉上が一緒なんだ。そんなみっともないことが出来るか」

「お一人だったら、とっくりごらんになりましたの」

「踊る阿呆に見る阿呆、同じ阿呆なら踊らにゃ損だ、という歌があるだろう」

東吾はとぼけて、るいの頬を突く。

「気になったのは、どうやら女が男に金を貢いでいるらしいことだ。男が又、横柄に金をせびっている。ああいう男にひっかかったら、女の不幸せは目にみえているな」

「やっぱり、覗いていらしたんじゃありませんか」

「耳へ入ったんだよ。見ていなくたって声は聞える。なにしろ、雨宿りの最中だからな」

「いいところに雨宿りをなさいましたこと」

「なあに、いいことをしたのはそいつらだ。夕立に雷と、道具立ては揃ってたんだからな」

「覗かれてるのも知らないで……」

「知らぬが仏さ」

他人の情事の話がこっちの痴話になって、「かわせみ」の夜は、又、滅法、むし暑いことになったのだが、その翌朝、珍しく気温が下って、

「今年は秋が、かけ足で来るような気がしますね」

お吉はもっともらしい顔をして朝飯の膳を運んできた。

「番頭さんの娘さんの、お民さんが来ているんですよ。打ち直しの綿を届けてくれましてね」

「かわせみ」の番頭、嘉助の娘が木綿問屋へ嫁入りしていて、「かわせみ」では夏の間に座布団をすっかり打ち直して、仕立てかえるしきたりだから、その仕事をお民の家へ頼むことにしている。

「涼しい中にと思って出かけて来たっていってますけど、もし、東吾様がおみえなら、きいて頂きたい話があるそうです」

お吉の取り次ぎに東吾が気安くうなずいた。

「俺でよけりゃ、なんでもきこうじゃないか、かまわないから、こっちへ通してくれ」

「かわせみ」の亭主面をしていう東吾を、るいが、とろけそうな眼をして見守っている。

やがて、嘉助がついて、お民が挨拶に来た。

「どうも若先生のお耳に入れるような話じゃございませんのですが……」

一通り、娘の話をきいたらしく、嘉助が、ちょっとぼんのくぼに手をやりながらいう。

「なんだか知らないが、話すだけ話してみたらどうだ。三人寄れば文殊《もんじゅ》の智恵というじゃないか」

東吾にうながされて、それでも、ためらいながら、お民が話したのは、彼女の幼なじみのおかつという女のことである。

「とってもいい人なんです。歿《なくな》ったおかつさんのお父つぁんもおっ母さんもいい人で……」

人がよすぎて、知り合いから頼まれて借金の保証人になったのが不幸のはじまりで、家屋敷まで手放して、長屋暮しのあげく、両親は続いて病死した。

「そんなわけで、おかつさんは嫁にも行かず、飯屋の女中をして働いて来たんですけれども、魔がさしたっていうんでしょうか、悪い男に夢中になっちまって……」

御家人《ごけにん》くずれの市之助という、なにをしているのかわからないような相手で、お民が人からきいた話によると、何人もの女とかかわり合いを持ち、女に貢がせて食べているような男らしい。

「みたところ、五段目の定九郎みたいないい男で、あたしなんか、怖いように思えますけれど、おかつさんはもうはなれられないっていっているんです」

今まで貯めたお金は全部、入れあげてしまったし、働いている店に借金まで出来る始末で、

「弟の与吉さんが、そりゃあ心配しているんです」

弟といっても、血のつながりはなく、おかつの両親がまだまともに暮していた時分に、遠縁の子で、親に死なれてみなし児になったのを、引き取って、おかつと姉弟のようにして育て上げた子だという。

「与吉さんは仕立職で、日本橋の越後屋さんの仕事をひき受けていますけれど、若いのにそりゃいい腕で、けっこうお金が稼げるんです」

その与吉の稼いだ金まで、おかつは市之助に貢いでしまっている。

「今のままだと、市之助のいいようにされて、あげくは捨てられるにきまっているから、なんとかして、市之助と手を切って、まともに嫁入りさせたいって、与吉さんが……」

幼なじみのお民のところへ相談に来たものだ。

「うちの人が、おかつさんに逢って意見をしたんですけれど、はい、はいっていうだけで、結局、なんの役にも立ちませんでした」

あんまり頼まれ甲斐のないことなので、もしも、お上《かみ》の力で、おかつと市之助を別れさせる方法でもあったら、とお民はいう。

「そいつは困ったな」

惚《ほ》れ合って、他人ではなくなった男が女から金をせびっても、罪にはならない。

「女が男から逃げたがっているというのなら、又、方法もあるが……」

おかつという女が、べったり市之助に惚れているのではどうにも仕方があるまいと東吾はいった。

「そりゃそうですよ。好きで貢いでいるのを他人がとやかくいう筋じゃありませんからねえ」

お吉が口を出した。

「又、なんで、そんな男に惚れちまったんでしょうかね」

「女を食いものにしているような男だ、女を狂わせる方法はいくらでも知っているだろう」

なんとなく、東吾は夕立の日の女を思い出していた。

雨宿りの軒先で、はからずもきいた情事の声は凄じいものであった。女をあれだけ夢中にさせるのは、かなりな凄腕でなければならない。

「飯屋で働いているっていったな、なんて店だ」

「柳橋の、ほていやっていいます。一膳飯屋ですけども、夜はお酒も売る店で……」

るいが、それとなく東吾の顔をみた。

二

「世の中って広いようで狭いものですね。雨宿りの女が、おかつさんって人なんでしょう」

お民が帰ったあとで、るいがいった。

「おそらく違いないと思うが、ほていやへ行ってみなけりゃわからないな」

「いらっしゃるんですか、ほていやへ……」

「他ならぬ嘉助の娘の頼みだから、まあ、なんともなるまいが、それとなく様子をみるだけでも、お民の気休めになるだろう」

「どんな人なんですか、おかつさんって……」

るいは、東吾についてほていやへ行きたそうだったが、とても女連れで飯を食いに入れるような店ではない。

「源さんを誘っていってみるとしよう。文殊の智恵には一人不足だが……」

その畝《うね》源三郎は、夕方にならないと町廻りから帰らない。

午前中を「かわせみ」にいて、東吾は八丁堀へ戻り、時刻をみはからって畝源三郎の屋敷へ行った。

畝源三郎が、奉行所から下って来たのは、すっかり夜になってからである。

「ちょっと、つき合ってもらいたいところがあって待っていたんだ」

東吾がいうと、源三郎は疲れた顔もせず、すぐ着がえた。

源三郎は薩摩絣《さつまがすり》、東吾は兄嫁が丹精してくれた結城《ゆうき》の単衣で、どちらも着流しの雪駄《せった》ばきである。

大川端の「かわせみ」を横眼にみて、船宿から舟を出させると、源三郎がくすぐったそうな表情になった。

「まさか吉原ではないでしょうな」

「あいにく、そんな粋なところじゃないんだ、柳橋でね」

大川の上に月が出ていた。

川風が心地よい夜である。舟の中で、東吾はざっと話をした。

「どうも、かわせみには厄介な話が舞い込むようですな」

源三郎は真面目に考え込んだ。

「男女の仲というのは、他人にはなかなかわからないものですから……」

独り者のくせに、わかったようなことをいうと東吾が笑った。

「たしかに手前は独り者ですが、身近にいろいろみせつけてくれる者がありますので……」

すまして源三郎は東吾を眺め、東吾は藪を突ついて蛇を出したような顔になった。

ほていやへ着いてみると、いい具合に夕飯の客が一段落したところで、かなり広い店の中に五、六人の客が、ばらばらに飲んだり、食ったりしている。

肴《さかな》をいくつかみつくろって、酒を頼み、東吾と源三郎は、それとなく店の中を見廻した。

女中は五、六人おいているらしい。

「東吾さんがみたのは、どれですか」

ざっとみたところ、それらしい女はいなかった。

おかつとは、別人かも知れないと思う。

女中は酒や肴を運ぶだけで、お愛想に一杯だけ酌をしていくが、客の前へすわって相手をすることはない。

女中に訊ねてみるのが早いとわかっていて、なかなか、そのきっかけがなかった。

若い男が入って来たのは、東吾と源三郎が徳利を三本あけた時で、店にいた女中が板場へ向って呼んだ。

「おかつさん、与吉さんが迎えに来たわよ」

与吉というのは、東吾が予想したよりも、もう一つ若かった。まだ幼な顔がどこかに残っている。

奥から、おかつが出て来た。

やはり、例の女である。

ただ、今夜はきちんと髪を結《ゆ》っているせいか、自堕落な感じはなく、むしろ平凡で、おとなしそうな印象が強い。

洗い場で働いていたらしく、濡れた手を拭きながら、いそいそと弟へ笑いかけた。

「もう少しで終るから、待ってて」

与吉も嬉しそうにうなずいた。

「ああ、いいよ」

すみへ腰を下ろすと、女中がお茶を汲んで出した。

「仕事、いそがしいの」

「夏だから、それほどでもありません。なにか仕立直しのものでもありましたら、出しておいて下さい」

「おかみさんが悪いっていうんだよ、与吉さんのようなちゃんとした職人に、あたしらなんぞの着るものの仕立直しさせちまっちゃ……おまけに、ただじゃね」

「姉さんがお世話になってるんですから、出来ることは、なんでもさせてもらいますよ」

悪いねえといいながら、その女中はあてにしていたらしく、風呂敷に包んだのをすぐにとって来た。

「いいものじゃないんだけど……」

「おあずかりします。二、三日中には出来ますから……」

奥からおかつが出て来た。

「お定さん、それじゃ、お先に……」

「お疲れさま」

連れ立って出て行く二人は、誰の眼にも仲のよい姉弟であった。

「お定さんだっけな」

すかさず、東吾が声をかけた。

「一杯、どうだ」

「いえ……」

「まあいいだろう。店もすいてるんだ。ほんのちょっと相手をしてくれないか」

一分銀を握らせると、お定は眼を丸くした。

「いいんですか、お客さん……」

「話し相手が欲しいんだ。なにしろ、俺の相棒は牡蠣《かき》のような男でね」

盃を持たせ、酌をしてやると、お定は眼を細くした。

「今、帰ったの、やっぱり、ここの女中かい」

「おかつさんですか」

すらすらとお定は喋った。

「まだ店も閉めないのに帰っちまったようだが……」

「あの人、今日は早番なんですよ」

昼間から働いている女中は、大体、今時分に帰り、夜更けに店を閉めるまで働く女中は夕方から店へ来る。

「そうでもしないと体がもたないんですよ。なにしろ忙しい店だから……」

一番、混むのが夕方だといった。

「弟が迎えに来ていたようだが……」

「毎日、来るんですよ」

「仲のいい姉弟だな」

「本当の弟じゃありませんけどね」

続けざまに、東吾から酌をされて、お定の舌はすっかりなめらかになった。

「姉弟そろって働き者なんですよ。評判もいいし、あの二人が夫婦になったら、どんなにいいかって、みんな噂してるんですけどね」

「男が年下じゃないか」

「かまやしませんよ。二つや三つ年下だって、なにしろ、惚れてるんですからね」

なんとなく東吾は源三郎をみた。うっかりいってしまったことだが、東吾もるいより年下である。果して、源三郎は意味深長な笑い方をしている。

「どっちが惚れているんだ」

照れくさいのを、東吾はお定への問いで、ごま化した。

「与吉さんですよ」

「おかつのほうは、どうなんだ」

「それがねえ」

お定が盃を手に持ったまま、慨嘆した。

「世の中、うまく行かないもんですよ」

「他に好きな男があるのかい」

「欺されているんです。いい加減に眼をさまさないと、とんだことになるっていってるんですけどね」

「それじゃ、与吉は片想いか」

「片想いってわけでもないんですよ」

お定が変な笑い方をした。

「どうして……」

「どうしてって、与吉さんとおかつさんはご夫婦みたいな仲なんですから」

流石に東吾は啞然《あぜん》とした。

「与吉と夫婦同然で、もう一人の男といい仲なのか、よく、それで男二人が苦情をいわないな」

「どっちも知ってるんですけどね。与吉さんはおかつさんに惚れてるし、市之助のほうはお金を絞りとるのが目的だから、なんともいわないんですよ」

「おかつは、どっちが好きなんだ」

「そりゃ市之助でしょうよ。なんてったって与吉さんは若すぎて、あっちのほうは、市之助にかないっこないって話だから……」

お定は好色そうに笑った。

「どうも大変なことですな」

ほていやを出て、お定に教えられたおかつ達の長屋のほうへ向いながら、源三郎が肩をすくめた。

「成程、男女の仲はわからんものだ」

憮然《ぶぜん》として東吾も呟《つぶや》いた。一人の女を二人の男が共有するというのが、どうも実感として、ぴんと来ない。色を売る種類の女ならともかく、素人の女がという気持である。

姉弟の長屋は崖下にあった。

崖の上に登ってみると、夏のことでどこも開け放っているから、家の中が丸見えであった。

まめまめしくおかつが働いている。やがて、膳を囲んで、姉弟二人、というより夫婦のような晩飯が始まった。なにを話しているのか、時々、笑い声がきこえてくる。

「どうも馬鹿馬鹿しくなったたな」

「暫く、静観するしかありませんね」

いつまでも女一人に男二人という状態が保てるわけはないというのが、帰りの舟の中での源三郎の意見だった。

「おかつが市之助をあきらめるか、与吉がおかつに愛想をつかすかです」

当分、土地の岡っ引に要心させようと源三郎はいった。

「なにかが起ってからでは間に合いません」

「お上も気苦労が絶えないな」

「色恋は一つ間違うと、命にかかわります」

帰りの舟は、涼しさを通り越して寒いくらいであった。

男二人は交替にくしゃみをしながら八丁堀へ帰った。

三

それっきり、東吾はその一件を忘れた。

一つには狸穴《まみあな》の道場の稽古が続いて、他人の色恋どころではなかったためである。

源三郎が東吾を呼び出したのは、その月の終りだった。

「例のことですが、市之助が博奕《ばくち》に負けて五十両からの借金を作ったようです」

向島に住む博徒が相手で、今月中に金を揃えないと、ただではすまないとおどされて市之助は蒼くなっているという。

「ただ、市之助には前にも同じようなことがありまして、その時は馴染の女を江戸から連れ出して木更津あたりで売り、その金を借金の返済にあてたようです」

今度も、同じ手を使うことは容易に考えられる。

「市之助が、おかつに一緒に江戸を夜逃げしてくれとくどいているのを聞いた者があるのです」

「行ってみるか」

馬鹿馬鹿しいと思いながら、やはり東吾は腰をあげた。

が、柳橋へ行ってみると、すでにさわぎは起っていた。

「与吉さんが、市之助を殺すといって、裁《た》ち鋏《ばさみ》を持ってとび出して行ったんです」

とめようとした隣家の女房は、あまりの与吉の剣幕に、ぞっとして手が出せなかった。

「市之助はどこだ」

「わかりません。家には居ねえんです」

岡っ引の左右六は慌てていた。若い者をどなりつけて、町内を探させている。

夜であった。

「おかつは……」

「それが、夕方っから店にも来ていねえってんで……」

通報があったのは、ちょうど、その時で、市之助と与吉が、浅草橋の近くの空地で血みどろになって争っているという。

「どっちも刃物を持っていますんで、危くって……」

「源さん、行くぞ」

東吾と源三郎が走り出した。

行ってみると、空地を遠巻きにして何人かが、うろうろしている。

「どけどけ、見世物じゃねえんだ」

とたんに、源三郎が八丁堀の旦那の声になった。

道ばたにあった大八車をひき出すと、男二人の間へ強引に突っ込んだ。

市之助と与吉が、驚いて左右に分れる。すかさず、一人に当て身をくらわして、もう一人の手から血だらけの鋏を叩き落した。

「東吾さん、そっちを頼みます」

声をかけられて、東吾は天水桶の手桶に水を張ってある奴を取って、ぶっ倒れている市之助に近づいた。

「おい、いつまで寝てるんだ」

頭から水をぶっかけられて、市之助は漸《ようや》く正気づいた。

番屋へ連れてくると、まず、与吉が泣きながら訴えた。

「おかつの様子がおかしいんで、昨夜、無理矢理に問いつめたんです。市之助と夜逃げをするつもりだときかされて、あたしは胸が潰《つぶ》れそうになりました。必死になって、思い止るようにいったんです。市之助の魂胆はわかっています。江戸からどこかへ行って、おかつを売りとばして、その金で借金を払おうというにきまっている……おかつにはそれがわからないんです。あいつは気がやさしいから、自分が一緒に逃げてやらないと、市之助はやくざ仲間に殺されるかも知れないって、まっ青になって……わたしと別れるのはつらいけど、人一人の命には代えられないって泣くんです。……わたしはおかつが不愍《ふびん》で、いっそ、市之助さえ殺せば、姉さんを不幸にせずに済むと思って……」

市之助のほうは不貞《ふて》くされていた。

「はじめは、俺と一緒に江戸を夜逃げすると承知してたんだ。今朝になって、与吉がかわいそうだから、なんとかして五十両の金を作ってくる。そうすれば、夜逃げもせず、今まで通りに暮せるからと……」

五十両の金が、そう簡単に出来るわけがないとうそぶいている。

御家人くずれというにしては、非力で、裁縫職人の与吉を相手に五分五分ぐらいの格闘だったらしく、二人ともあっちこっち薄手だが、同じような怪我をしている。

ともかくも、喧嘩両成敗ということで、男二人は番屋へとめ、怪我の手当をさせた。

なんにしても、肝腎《かんじん》のおかつが出て来ないことには埒《らち》があかない。

「おかつを探して来い、おかつをみつけてくるんだ」

源三郎の手前もあって、左右六が声をからして下っ引をどなりつけたが、おかつの行方はとうとうわからなかった。

一夜あけて、浅草橋のほうの番屋へ一人の男が届け出た。

呉服物をかつぎ商いをする男で、磯吉という五十がらみのあばた面である。

はじめの中は、いうことがいい加減で女が川へとび込むのをみたなどと申し立てていたのだが、やがておどおどと白状した。

昨夜、商いの帰りに大川の近くの道を歩いてくると、女から声をかけられたという。

「夜鷹《よたか》かと思ったんです。いい女なんで、その気になって……つい……」

川っぷちでことを終え、金を払おうと財布を出すと、女がいきなり財布をひったくって逃げ出した。

「びっくり仰天いたしまして、追いかけて、女をつかまえましたが、どうしても財布をはなしません」

もみ合いになって、その中に二人とも足をもつれさせて大川へ落ちた。

磯吉のほうは、多少、泳ぎの心得があったので、なんとか岸へとりついて這い上りそのまま、家へ帰ったが、朝になって急に不安になり、思い切って番屋へ届け出たらしい。

磯吉に案内されて、昨夜の現場へ行き、それから川下にかけて探してみると、間もなく、かなり下流のほうで川っぷちの棒杭《ぼうぐい》にひっかかっているおかつの水死体が発見された。

おかつの手にしっかり握られたままの財布には、一分銀に小銭を合せて一両と少々しか入っていなかった。

四

おかつの野辺送りには、るいがどうしてもよそながら香華《こうげ》をたむけたいというので、東吾が連れて柳橋まで来た。

ちょうど、お民も来ていて、狭い長屋に、ほていやの女中達や、近所の人々がお詣りに集まって、すわる場所もないほどであった。

「おかつさんって、どういうんでしょう。二人の男とかかわり合いを持っていたら、大抵の女は、なんていやな人だろうと思うのが普通なのに、こうやって大勢がおまいりに来てくれて……あたしだってあの人のこと、かわいそうで、かわいそうで、ちっとも馬鹿なことをしたなんて思えないんですよ」

焼香を終えたお民が、そういってぽろぽろ涙をこぼした。

「女には、わかるんですよ。おかつさんの気持が……」

外へ出てから、るいがそっとささやいた。

「男の人は、二人もの男とねんごろにして、いい加減な女だと思うかも知れません。でも、おかつさんには、それしか出来なかったんですよ」

姉弟同様に育った与吉から愛を打ちあけられれば、ほだされて与吉を受け入れる。

「たぶん、体を許したのは市之助のほうが先だったと思いますよ」

市之助に惚れて、すべてをゆだね、与吉にも断り切れない。

「気持がやさしすぎるんです」

自分を与えることで、どっちにも満足させようという女心が、東吾にはわかるようでわからなかった。

「それじゃきくが、もし、るいは源さんのような男が、るいに惚れたといってかきくどいたら、いうことをきいてやるのか」

東吾にいわれて、るいは真っ赤になった。

「そんな馬鹿なこと、あたしがすると思っているんですか。畝様だって、そんなことなさるわけがありません」

「だったら、おかつに同情することはないと思うんだが……」

るいが激しく首をふった。

「それとこれとは違うんです」

おかつは市之助が自分を不幸せにする男だとわかっていたに違いないと、るいはいった。

「悪い男と承知していて、やっぱり、市之助さんを好きになったんです」

与吉と夫婦になれば、幸せになれるとわかっていて、市之助とも別れられない。

二人の男の間で、ずるずると自分を見失っていったおかつを哀れだと、るいはいった。

「おかつさん、一生けんめいだったんです。市之助さんに一緒に逃げてくれといわれれば、売られるかも知れないとわかっていても、やっぱり承知してしまう、そのくせ、与吉さんから行かないでくれといわれれば、なんとか五十両作って、今までの暮しを続けたいと思ってしまう、女ってそういう馬鹿なところがあるんです」

愚かな女だから、哀れなのだと東吾も思った。

二人の男のために、体を売って、命がけで奪った財布には二両にもならない金しか入っていなかった。

「女は、おかつさんを笑えませんよ。女なら誰だって、おかつさんがしたようなことを、やりかねませんもの」

「よせよ」

るいの気持をひき立てるために、東吾はわざといった。

「そんなふうにいわれると女とつき合うのが怖くなるぜ」

おかつの早桶がかつぎ出された頃になって、源三郎がやって来た。

人々が合掌する間を、早桶が通り、そのあとから、声をあげて泣きながら、与吉が歩いて行く。

「与吉が泣くのはわかりますがね」

源三郎がささやいた。

「今、市之助の家をのぞいて来たんです」

あの冷酷そうな男が、阿呆のようにすわり込んでいたという。

「肩がぶるぶる慄えているんです。泣いているんですよ。女をたらし込んで、女で食って来た男が……」

おかつは成仏するだろうと、源三郎はいった。

「命がけで尽した男が、二人とも、おかつのために泣いているんです」

称名《しょうみょう》の声と鉦《かね》の音が遠くなっていた。

るいと東吾が、源三郎とお民を伴って、「かわせみ」へ帰ってくると、お吉が待ちかまえていて、浄《きよ》め塩を撒《ま》く。

「精進落しの仕度をしておきましたから……」

るいの部屋に酒の用意が出来ていた。

男二人は、さっぱり汗を流して、早速、盃を持つ。

「結局は、おかつって人がいけないんですよ」

お酌をしながら、お吉はきついことをいった。

「歿った人に自業自得なんていったらお気の毒ですけれど、あたしはそう思います。お嬢さんやお民さんは安い同情をしすぎると思うんですよ」

おかつがもっとしっかりしていれば、二人の男に体をまかせるなどという愚かなこともなかっただろうし、

「いくらお金が欲しかったからって、行きずりの人に身をまかせて、おまけに財布を盗もうなんて、どうかしていますよ。まともじゃ考えられやしません」

欲が深すぎると、お吉は手きびしくいった。

「なんのかんのといったって、おかつさんは欲ばりなんですよ。与吉さんとの幸せな暮しも欲しい。市之助って男も忘れられない。そりゃ、人間、生身の体ですから、あっちもこっちもいいって迷うことはあると思います。でも、よくよく考えて、どっちかにするもんですよ」

「気の弱い人だったんですよ」

お民が幼な友達をかばった。

「人間、しっかりする時はしっかりしなけりゃ駄目なものです」

叱りつけるようにお吉がいい、

「もうよしなさい、お吉」

るいが制した。

「なんのかのといったって、おかつさんは歿ったんだもの、一生けんめい生きて、死んで行ったんだもの、仏さまを悪くいうことはありませんよ」

決して立派ではないかも知れないけれど、といって、るいは団扇《うちわ》を片手に縁側へ出て行った。

蚊やりに火をつけている。

女達の話は、それぞれもっともと思いながら、東吾は盃を口へ運んでいた。

雨宿りの軒下からみたおかつの姿態が、なんとなく眼に浮かぶ。

男の体の下で、せい一杯、女をむき出しにしていたおかつと、与吉の長屋で世話女房のように、いそいそと働いていたおかつと、どちらもありのままのおかつという女の姿なのだろうと思う。

一生けんめいに生きて、死んだといったるいの思いやりが、なによりもおかつへの供養だと東吾は考えていた。

風が止ったような夕暮である。

暑さは、まだ、当分、続きそうであった。

夏《なつ》の夜《よ》ばなし

一

月の中、半分ほど代稽古に通っている狸穴《まみあな》の道場から、大川端へ戻って来たのが、四ツ（午後十時）すぎで、「かわせみ」の表戸はもう閉っていた。叩けば、すぐに老番頭の嘉助が開けてくれるのは知っていたが、照れもあって、東吾は裏木戸から庭を抜けて、大川に面したるいの部屋の外へ近づいた。

暑い季節だから、雨戸は開いた儘《まま》で、るいの部屋は簾戸《すど》だけで、部屋の中から賑やかな女達の声がしている。

るいが一人だけと思った見当がはずれて、なんとなく声がかけにくく、東吾は庭に立った儘、悪戯《いたずら》っ子が家に入りそびれたような顔で突っ立っていた。

と、

「さあ、もうそんな話はやめにして……」

るいの声がして、簾戸が内から一枚開いた。

雨戸を閉めに出ようとしたらしい。そのるいの背後で、庭をみたお吉が、

「お嬢さん、そこになにか白いものが……」

指さしたとたんに、るいが悲鳴をあげた。

東吾はあっけにとられた。季節柄、白絣《がすり》の着流しである。

「馬鹿、どうしたんだ……」

声をかけた時には、もう老番頭の嘉助がとんで来ていて、

「どうしたんです、お嬢さん……」

るいをかばって、庭へ油断のない身がまえをみせた。

「いい加減にしろ、俺だ……」

暗がりを出て、部屋から射《さ》している灯の中へ顔を出すと、るいが花のように笑い出した。

「まあ、いや、東吾様でしたの」

「なにがまあいやだ。いきなり変な声を出すから、こっちのほうがびっくりした」

太刀を腰から抜いてるいに渡すと、お吉が心得て足を洗う水を汲んでくる。

「お吉が幽霊と間違えたんですよ、庭に白いものが、ぼうっとしてみえるんですもの」

「お嬢さんだって、そうお思いになったんでしょう。誰だって、あんな話をしていると

ころへ、いきなり白い着物をお召しになった方が現われりゃ、どきっとしますよ」

笑いながら、お吉は東吾の足を拭き、すぐ風呂加減をみに行った。

狸穴の帰りだと、「かわせみ」中が心得ている。

東吾が汗を流している中に、るいは化粧を直し、東吾のために浴衣《ゆかた》を出して風呂場へやって来た。

男は烏《からす》の行水で、るいの声をきくとすぐに上って来た。

「あんな話って、なんの話をしていたんだ。どうせ怪談ばなしだろう」

夏の夜、江戸は涼みがてらの怪談がつきものだが、今年は東大森に化物細工《ばけものざいく》をみせる化物茶屋というのが出来て、工夫をこらした幽霊の人形だの、芝居で使う女の生首が血をしたたらせている様子だとか、暗い中で薄気味の悪いものを並べて、客が驚くのをみて、喜んでいるという悪趣味なのが、大層、評判になっていた。

もともと、医者が道楽ではじめたもので、人集めでもないし、銭《ぜに》をとってみせるわけでもなかったのだが、それがあまりに評判になると、江戸にも似たような趣向をこらして金もうけの種にしようとする連中が現われて今年の江戸は、とんだお化けばやりになってしまっていた。

「それが、あの……御存じですか、お化屋敷へ連れて行かれたお医者の話ですけれど」

るいの部屋へ戻って、男は行儀悪く、浴衣の前をかき合せただけで、すでに仕度のしてあった盃をとり上げる。

るいは、なんとなくよりそって、酒を注ぎ、団扇の風を男へ送っている。勿論、お吉も嘉助も、女中達も、この部屋には寄りつかず、風鈴の音だけが、せめてもの涼を運んでいた。

「どこに出来た化物屋敷なんだ。又、浅草か、それとも回向院《えこういん》あたりか」

「こしらえものの見世物じゃないんです。正真正銘、本物の化物の棲み家だっていいますの」

るいが真顔でいい、東吾は笑い出した。

「本当なんですよ」

笑われて、るいは少々、むきになった。

「うちで働いている女中のおきくって娘を御存じでしょう」

「よせよ、例の皿屋敷か」

「いえ、冗談じゃありませんったら……」

「かわせみ」に、もう二年前から奉公しているおきくという娘の実家は、深川佐賀町で親は左官だが、その長屋に良庵という無頼《ぶらい》の医者がいる。

医者といっても、本職のほうは全く、はやらずに、博奕が好きで、ならず者とつきあいがあり、町内のはなつまみだという。

うっかり、急病人で治療でも頼もうものなら、貧乏人が払えそうもないほどの薬代を要求して、払えなければ家財道具を取り立てたり、ひどい時は娘をいかがわしい場所へ奉公に出すことを強制したりする。そういう掛合には、必ず体に刺青《ほりもの》のある男が仲介に立つので、泣く泣くいいなりになった者も少なくなく、未だに良庵を怨んでいる者も数知れない。

「あきれた医者だな、医は仁術というのに」

「そのお医者のところに、使いが来たそうですよ」

ちょうど十日ばかり前の、雨のしとしと降る夜更けで、

「お武家だったそうですよ、駕籠《かご》を持って迎えに来たんですって……」

供も数人ついているし、服装からしても、然《しか》るべき大名家の侍らしく、立派なものである。

「そんな奴が、なんだって無頼の医者のところへ来たんだ」

東吾は最初から小馬鹿にしている。

「お医者もびっくりしたらしいんですけれど、良庵って人は智恵の廻るほうで、ひょっとすると、然るべき大名、旗本の家で、あまり表沙汰にしたくない刃傷《にんじょう》さわぎでもあって、その手当に呼ばれるのかも知れないって考えたそうですよ」

たしかに、それはないことではなかった。

旗本や大名の下屋敷などで、賭場が開帳されることもあり、そこの喧嘩で大怪我をしたような場合、うっかり医者を呼んでは表沙汰になる。金で口を封じるような医者を訊ねて、治療させる例があった。

「良庵って人は、やくざとつき合いがあるから、そっちのほうからきいて来たのじゃないかって……」

「それにしても、ものものしいな」

駕籠はまあとして、供侍の四、五人というのは芝居がかっている。

「行ったのか」

「ええ、お金が欲しかったんでしょう」

ところが、駕籠に乗ったとたんに、上から縄をかけられて、やがて、そのまま、舟に乗せられた。

舟から上ると、又そのままかつがれて、

「良庵って人は駕籠の中で一生けんめい、方角を考えていたそうですけれど、あっちこっち引き廻されたような恰好で、西も東もわからなくなっちまったんです」

やっと駕籠が下りたのが、おそろしく奥まった屋敷の玄関で、そこから目かくしをされ、手をとられて屋敷の中へ案内された。

通されたのが広い座敷で、目かくしをはずし、侍達は下って行く。

やがて、唐紙があいて、小さい子供がお茶を持って出て来たのをみれば、これが三つ目小僧で、額の真ん中に大きな目が光っている。

「はっはっは」

東吾は笑い出した。

「嘘じゃないんですよ。なにしろ、帰って来て、三日も熱を出して寝込んだっていうんですもの」

「医者がか」

「ええ、三つ目小僧の次には大振袖のお小姓が出て来て、これが身の丈《たけ》八尺っていうような大化物で、煙草盆をおいて行ったんですって。それから十二単《ひとえ》に緋の袴という大きな女の人が出て来て、大きな盃でお酒を飲まされて……そうしたら部屋の灯が暗くなって御簾《みす》のむこうに鬼女のようなのが五、六人、こっちをむいてすわっていたんですって……」

医者は力ずくで酒を飲まされ、怖しさで気が遠くなりながら必死で命乞いをしたところ、やがて再び目かくしされて駕籠に乗せられ、来る時と同じ順序で長屋へ送り返されたという。

「おきくのところで、夜明け方、人の歩く音がするので、そっと窓をあけてのぞいてみると赤鬼と青鬼が先頭に立って、良庵さんの家へなにかを放り込み、駕籠をかついで立ち去って行くところだったんです。生きた心地もなくて、夜があけてから町内の人と一緒に、良庵さんの家をのぞいてみると、良庵さんがすっぱだかで、柱につながれてのびていたんだそうですよ」

東吾の盃の手が止った。

「おきくの親がみているのだな。町内の奴らも、良庵の縛られているのをみたわけか」

「ええ、良庵って人は、うなされて、化物だとか、助けてくれとか、さんざん口走ったので、熱が下ってから、みんなでわけをきいて、それで化物屋敷へ連れて行かれたことがわかったんです」

今日、おきくの父親が「かわせみ」の二階の部屋を修理がてらやって来て、その話をして行ったらしい。

「深川じゃ大変な評判ですって」

「良庵ってのは、どうしている……」

「どうしてって……落ちつかない様子でうろうろしてるそうですよ。あんまり悪いことばっかりするから、お化けがしかえしに来てくれたんじゃないかって……」

「随分、俠気のあるお化けだな」

「ねえ、誰がそんな悪戯をしたんでしょうね」

るいが東吾をのぞき込んだ。

「悪戯だと思うのか」

「だって、本当にお化けなんて……」

るいがいいかけた時、行燈《あんどん》がふっと消えた。

「いや……」

るいが東吾にすがりつき、東吾がるいを抱いて笑った。

「馬鹿、油が切れたんだ」

それとわかっても、るいはすがりついたままで、東吾はそんなるいを抱き上げて、次の間へ運んで行った。

青蚊帳《がや》の中には、夜の仕度が出来ている。

二

翌朝、八丁堀の畝源三郎が、「かわせみ」へやって来たのは、まだ朝顔の露が朝陽に輝いている時刻で、「かわせみ」の庭の桐の木では、蟬《せみ》が鳴いていた。

「東吾さんが来ていらっしゃるとは思いませんでした」

東吾が起きて行くと、源三郎は帳場で、るいが気をきかせて運んで来た冷たい麦湯をのんでいる。

「こちらに奉公しているおきくという娘の父親が今朝、番所へ届け出まして……同じ長屋の者が殺されたそうです」

これから深川へ行くついでに、「かわせみ」へ寄ってみたのは、おきくの口から、被害者について少しきいて行きたいという、源三郎の思いつきだったらしい。

「なにしろ、現場へ行きますと、大方が動転してしまって、肝腎のことが、なかなかきけないものでして……」

「殺されたのは、ひょっとして、医者じゃないのか」

全くのあてずっぽうでいったのに、源三郎は眼を光らせた。

「そうです、良庵という医者、といっても無頼の徒ですが……」

「源さん……」

東吾は、親友の肩を叩きそうにしていった。

「化物屋敷の話を知っているか」

結局、東吾は朝飯抜きで、源三郎につき合うことになった。

永代橋を渡ると深川佐賀町は眼の前である。

大川を舟が上り下りしていた。

積荷舟が多い。

橋の上から海へむかって立つと、正面に石川島、左手に佃島、右手遥かに浜御殿の森がみえる。

「暑くなりそうだな」

海からの朝風に眼を細くして、東吾は源三郎にいった。

深川佐賀町には、土地の岡っ引の長助というのが待っていた。

良庵の死体は、まだそのままの状態になっているという。

「どうも奇妙な殺しでございまして、旦那にごらん頂いたほうがいいかと存じまして……」

長助が自分で良庵の家の戸をあけた。

もとは豆腐屋だったというこの家は、入ったところが広い土間になっていて、内井戸がある。内井戸と土間が片仮名のコの字型に取り巻いたところに座敷があった。

その鴨居に良庵は逆さ吊りになっていた。

良庵の足を結んだ麻縄は鴨居の上の欄間を抜けて内井戸のふちにしっかりと固定されている。

おまけに逆さ吊りになった良庵の首筋には白羽の矢がななめに突きささっていた。

口からも鼻からも血を流して、良庵は死んでいる。

源三郎はてきぱきと死体を改めて、東吾をふりむいた。

「下ろしますが……なにか……」

「矢は、吊り下げてから突きさしたんだな、傷口はそんなに深くない」

逆さ吊りだから、人間の手の容易に届く高さである。

長助が下っ引を指図して、良庵の死体を下ろしはじめた。

源三郎がもう一度、念入りに死体をみる。

酒くさかった。死ぬ前にかなり飲んでいるようである。

懐中には財布があった。一両と少々、入っている。

家を調べたが、他に金はなかった。

医者のくせに、薬箱にもろくな薬が入っていない。

家財道具はなにもなかった。

「全部博奕に注ぎ込んじまうんです。随分、人をいたぶって金をとっているんですが」

米櫃《こめびつ》には僅かの米、台所においてあった徳利は酒が半分ほど残っていた。

良庵は一人暮しである。

年は四十二、三らしい。

外へ出ると、長助が中年の夫婦を連れて来た。

良庵の家の前に住んでいる左官で「かわせみ」のおきくの両親である。

「伊太郎にお民と申します」

長助がいった。

良庵の死体を今朝、みつけて届け出たのがこの夫婦だという。

「お前達がみた時、良庵の家の戸はあいていたのか」

源三郎が穏やかに訊ねた。

「いえ、閉って居りました」

怯《おび》え切っている女房をかばうようにして亭主のほうが漸《ようや》くいった。

「閉っている良庵の家の戸を、なんであけたのか。なにか用事があったのか」

「いえ、それが……」

「お前達は日頃、良庵と親しいのか」

「とんでもねえ、あんな鬼のような奴」

伊太郎が否定し、女房が大きく合点した。

「昨夜、といってても夜半すぎですが、物音をきいたように思って眼がさめました」

地震かと思ったのだが、それっきりなんのこともない。

「ついでに手水《ちょうず》に起きました」

なんとなく窓をあけて外をみたのは、自分でもよくわからないが、多分、いつかの夜明けに、良庵が駕籠で送って来られたのを見た時以来、癖になってしまったのではないかと伊太郎はいった。

怖いもの見たさの心理である。

驚いたのは、良庵の家の戸が開いて烏天狗《からすてんぐ》が出て来たものだ。

「絵でみる烏天狗にそっくりでした」

顔は頭巾《ずきん》のような黒い布で包み、その上に修験者がつける兜巾《ときん》をかむっていた。

あっと思う間に烏天狗の姿は消えて、良庵の家の前には誰もいなくなった。戸がひっそりと閉っている。

「夢をみたんだと思いました。この前から可笑しなことにぶつかって、ありもしないものをみたんだと思って……」

そのまま、布団をかぶって寝てしまったが、夜が明けてみると気になって仕方がない。

おそるおそる、良庵の家へ近づいて声をかけたが返事もなかった。

それで差配を呼んで来て、戸を開けた。

「烏天狗をみたのは、いつ頃なんだ」

脇から東吾が声をかけた。

「かわせみ」で、父親のほうは何度か逢ったことがある。実直で、丁寧な仕事をする職人であった。

「わかりませんが……丑《うし》の刻（午前二時）ぐらいじゃなかったかと……」

「昨夜、良庵は出かけたのか」

「へえ、夜になって……大方、賭場だろうと思ってました」

このところ、連日のように、良庵は出かけていたという。

「夜だけじゃありません。昼間もずっと……夜に出かけたのは昨夜と……その二日ばかり前からです」

「昼間は、どこへ行ってたんだ、まさか、昼から賭場というわけには行くまい」

「わかりませんが、陽に焼けて帰って来てました。毎日、まっ黒になって帰ってくるんで、まるで、外で仕事をしているようだと話し合ったことがございます」

一通りのことをきいて、源三郎と東吾は長助に誘われて蕎麦屋へ寄った。長助の本業は蕎麦屋の亭主である。

そろそろ正午である。

「伊太郎夫婦は、良庵を怨んでいる筈です」

長助がいった。

「今、奉公に出しているおきくという娘の下に、生きていたら十二になる男の子が居りましたが……」

十歳の時に、流行《はや》り風邪にかかった。良庵が親切ごかしに診てくれて薬をもらったが、三日ばかり苦しみ抜いて死んだ。

おまけに、その薬代に三両よこせといい、払えなければ、上の娘に奉公先を世話しようと持ちかけて来た。

たまたま「かわせみ」に仕事に来ていた父親の伊太郎が思い余って、嘉助に相談し、嘉助から、るいがきいて、ちょうど女中がもう一人欲しいところだからと、三両を用立てて、おきくを「かわせみ」へ行儀見習という形であずかった。

そうでもしないと、良庵が又、なにをいい出すかわからなかったからである。

「大枚の金をとられて、一人息子を死なせてしまったんですから、伊太郎夫婦は良庵を憎んでいます」

長助がそんなことをいい出したのは、

「烏天狗の話が、どうも気に入りません。いくらなんでも、そんな馬鹿なことが、この世の中に起るわけがねえんで……こいつは伊太郎夫婦の作り事じゃねえかと思いますんで……」

「しかし、良庵は化物屋敷へ連れて行かれた前科があるじゃないか」

東吾が口をはさんだ。

「そいつも、伊太郎の作り話かい」

長助が頭を掻いた。

「いや、そいつはまさか、良庵が熱を出して三日も寝込んだっていいますから……」

大方、それも、良庵に怨みを持っている者の悪戯ではないかという。

「それにしても、大がかりすぎるな。大きな屋敷で、三つ目小僧や大男の小姓や十二単のお姫様が出たとなると、ちっとやそっとの費用《かかり》じゃ出来ねえだろう。良庵にいたぶられるような貧乏人に、そんな趣向は無理だと思うが……」

「するってえと、本物の妖怪変化《ようかいへんげ》でしょうか」

長助は眉をしかめて、あたりを見廻した。

さっきまで晴れていたのに、気がついてみると、かなり暗くなっている。

遠雷が聞えた。

午下《ひるさが》りの夕立が来るらしい。

「烏天狗でもなけりゃ、あんな吊り下げ方は出来ないな」

東吾が源三郎へ笑った。

大の男を逆さ吊りにするのは、かなりの力がいる。

「伊太郎がみた烏天狗は一人だったらしいな」

「二人は欲しいと思いますね」

源三郎が東吾をみた。

「井戸の釣瓶《つるべ》がなくなっているのにお気づきでしたか」

「ありゃ井戸の中だろう。大方、重いもの、沢庵石とか、砂袋とか、そんなものを入れて井戸の中へ沈めたと思うよ」

釣瓶の先の綱に、更に麻縄をつないで、それを欄間に通して先の輪を作っておく。

「酔って帰って来た良庵を突き倒して足に輪をかける。そうしておいて重しの入った釣瓶を井戸の中へ下ろすと、はずみで良庵の体が宙吊りになる。良庵が正体もなく酔っていれば一人でも出来ないことはないが、まあ二人居たと思ったほうがいいだろう」

「首を刺したのは、吊り下げてからでしょうな」

「傷口からみると、そうだろうな」

それにしても、宙吊りにされた良庵は、かなり暴れたに違いない。縄を固定させて、少なくとも二人の人間が、良庵がもがき苦しみながら死ぬのを見届けていたものだろうか。

「侍ではありませんね」

源三郎がいった。

「侍なら、こんな手数のかかることはしません」

東吾も同感であった。

雨が降り出していた。一寸先もみえないような豪雨である。

雨を避けて、二人の客が蕎麦屋の店へとび込んで来た。

若い男女だが、男のほうが手拭を出し、娘の濡れた肩や背を拭いてやっているのをみると、どうも大店《おおだな》のお嬢さんに手代といった恰好である。

種物《たねもの》を二つ註文して、二人とも、茫然と空を仰いでいる。

「あいにくの降りでございますね」

長助の女房が、かなり濡れてしまった二人に気の毒そうに声をかけている。

なんとなく、東吾も源三郎も、娘をみていた。
十七、八だろうか、なかなかの器量であった。眼許、口許に愛くるしいものがあって、髪の飾りも、着ているものも、品がよい。
だが、娘も、お供の手代風の若者もどこか暗い表情であった。口も重く、やがて運ばれた種物にも殆ど箸をつけない。

「まさか、かけおちってわけじゃねえでしょうね」

やはり二人を眺めていた長助がささやいて、それで手代のほうが、ぎょっとしたようにこっちをみた。

男が三人、座敷にいてしかも源三郎の恰好はひとめで、八丁堀の旦那と知れる。

娘と手代の様子が、前よりも更にぎこちなくなった。

手代のほうが奥へ行って、長助の女房に古傘をゆずってもらえないかと頼んでいる。

まだ、かなりひどい降りの中を、二人は逃げるように蕎麦屋を立ち去った。

「なんだか気になる二人連れですね」

長助がいったが、東吾は笑った。

「主人の娘に手代が惚れて、深川あたりで媾曳《あいびき》でもして来たんだろう。野暮《やぼ》な詮議《せんぎ》はしないことだ」

半刻足らずで夕立は上った。

あちこちで水溜《たま》りが出来るほどの降りだったが、晴れるのも早くて、もう陽がさしている。

良庵の家の井戸をさらってみることと、良庵が日頃、出入りしていた賭場に、ここ十日ばかりの間、良庵が遊びに来たか、来たとしたら、何日で、勝負はどんなふうだったか調べてくることを長助に命じて、源三郎と東吾は深川を後にした。

「どうも、良庵が連れて行かれた化物屋敷というのが気になりますね」

源三郎が考えながらいった。

「ただの悪戯にしては、手がこんでいます」

「あれだけの悪戯が出来るのは、町人ならかなりの金持……侍なら旗本か、大名か」

「化物屋敷の一件は悪戯とすると、烏天狗のほうとのつながりはどうなりますか」

化物屋敷のほうは熱を出しただけで助かった良庵が烏天狗の出た夜には殺された。

「下手人は、やっぱり烏天狗でしょうか」

「烏天狗の正体だな」

誰かが烏天狗に化けて、良庵を殺したとも考えられるが、伊太郎が嘘をついているとも思われた。

「手前は、どうも、そんな気がします」

源三郎は伊太郎夫婦を疑っているようであった。

「化物屋敷の話のあとに、烏天狗が出て良庵を殺したというのは、話が出来すぎているような気がしませんか」

伊太郎夫婦は、化物屋敷の話から思いついて、良庵を殺す決心をしたのではないかというのが源三郎の想像であった。

「動機は、やはり一人息子を死なせたことでしょう。伊太郎夫婦なら、良庵の家の中の事情もわかっています」

良庵の留守に忍び込むことも、内井戸の釣瓶に重しを入れることも麻縄の仕掛も。

「良庵が酔って帰ってくるのを待っていて、介抱でもするようなふりをして、突き倒して両足に縄をかける。夫婦二人なら出来ないことはない」

殺しておいて、烏天狗の話を作り、朝になって、さも自分達が死体をみつけたようにいって届け出る。

「そんなところではないかと考えています」

東吾は腕を組んだ。

「俺がひっかかっているのは、良庵がここ数日、昼間、陽焼けして真黒になって帰って来たということなんだ」

化物屋敷の一件があって、寝込んだあとのことである。

「良庵の奴、そんな陽焼けするほど、どこを歩き廻っていたんだ。まさか、八丁堀の旦那のように町廻りをしていたわけじゃあるまい」

東吾がいい、源三郎が赤銅色になっている顔に手をやって苦笑した。

「昼間、良庵が出歩いていたという伊太郎の言葉が嘘だったとしても、良庵の顔は陽に焼けていた」

「長助が、なにかきき込んでくるかも知れません。仕事には熱心な男ですから……」

大川端の「かわせみ」を横眼にみながら、東吾は八丁堀の兄の屋敷へ帰って行った。

三

中三日ほどして、東吾は九段の練兵館へ稽古に出かけた。

珍しく、練兵館の主であり、東吾の師でもある斎藤弥九郎が道場に出ていて、東吾も久しぶりに大汗をかいた。

稽古着を脱いで、井戸端で水をかぶっていると、内弟子が呼びに来た。

「先生が書院でお待ちになっています」

東吾が行ってみると、弥九郎は麻の着物に袴をつけて、机に向っていた。

「今日はだいぶ汗をかかされたぞ」

のっけから穏やかな苦笑を向けられて、東吾は慌てた。

「汗をかいたのは手前です」

「狸穴の道場でも、お前の評判はいい。剣は人柄ということが、東吾の場合は実に明瞭だ。若いに似ぬ、豊かなものが東吾の剣にはある。わたしはなによりもそれが好きだが……」

　珍しく賞《ほ》められて、東吾は照れた。

「深川佐賀町で医者の良庵という者が殺害されたときいたが、存じて居るか」

　思いがけないことを、師の口からいわれて、東吾は緊張した。

「左様なことを、どうして御存じですか」

「さるところから耳にした。化物屋敷へ連れて行かれたそうではないか」

　やはり、そっちの話かと東吾は合点して、知る限りの経過を説明した。弥九郎は黙って愛弟子《まなでし》の話をきいている。

「取調べは、畝源三郎か」

「はあ」

「下手人の心当りは……」

「畝には畝の所存があるようですが……」

「そうか」

　弥九郎が眼許を笑わせた。

「近頃、興のある話じゃ。万一、下手人があがった時は知らせてくれ」

　承知して、師の前を下ってから、東吾は何故、弥九郎が市井《しせい》の事件に関心を持ったのか軽い不審を持った。

怪談に面白がる恩師ではない。

八丁堀へ帰ってくると、兄嫁の香苗が待ちかねていた。

「かわせみから使いが来たのですよ。東吾どのに是非、きいて頂きたいことがあると申して」

行ってあげて下さい、と香苗は真面目な顔でいう。

「承知しました。行って参ります」

照れくさいから、兄嫁の顔をみないようにして、その儘、屋敷をとび出した。

「かわせみ」の帳場では、嘉助とるいが遅立ちの客を送り出しているところであった。

「申しわけありません。お屋敷までおさわがせしてはいけないっていったんですけれど、お吉が気を揉んで……」

東吾と居間へ戻りながら、るいがあやまった。

「実は、おきくのことなんですけれど、伊太郎さん夫婦が、医者殺しの下手人じゃないかって疑われてるって本当ですか」

「誰が、そんなことをいったんだ」

東吾はとぼけた。

「長助親分のところの若い者が、伊太郎さんに、畝の旦那から眼をつけられているから、当分、仕事に出ないで、家でつつしんでいたほうがいいって、心配してくれたっていうんです。家じゃ、みんな伊太郎さんとは古いつき合いですから、かあっとしてしまって……おきくは御膳も咽喉を通らなくなっていますし……」

「そいつは困ったな」

慎重な源三郎のことだから根拠もなしに、伊太郎を下手人呼ばわりするわけはないと東吾は思った。ただ、彼が、伊太郎夫婦を疑っているのは事実である。それが、長助達、配下の者にもうすうすわかって、よけいな口出しになっているのだろうと思われる。

「そりゃ、おそらく、長助の下っ引の早とちりだろう。あんまり、気を揉むことはない。俺が源さんにきいて来てやる……」

安請合をして、そのまま、「かわせみ」をとび出したものの、東吾は困惑した。

今までの事件で、畝源三郎がこれと見当をつけた相手に間違いはなかったといってよい。

外見はのんびり、おっとりだが、定廻り同心の中でも、源三郎が秀れて有能であることは東吾も承知していた。いや、誰よりも、この親友の才腕を認めているといってよい。その源三郎が、下手人と目星をつけている伊太郎夫婦を、迂闊《うかつ》に違うとはいい切れない東吾でもあった。

大川端町を出て、豊海橋《とよみばし》を右にして川沿いの道を八丁堀へ戻って行くと、左側の町並が南新堀町である。

この辺り、問屋が多かった。

糸物問屋、諸国茶問屋、下り糠問屋、紙問屋、釘銑銅物問屋、下り傘問屋、船具問屋、

水油問屋、下り酒問屋と軒を並べているのは大川から日本橋川へ舟で荷を運ぶのに便利という土地柄のせいでもあった。

殊に上方から大きな荷を運んでくるのは船がもっぱらである。

沖の親船から荷を移した小舟が、大川から漕ぎ上って来るのは、江戸の生活と切っても切れない風物詩になっている。

南新堀町を出はずれるところで、東吾は源三郎に遇《あ》った。

「お屋敷へうかがいましたら、かわせみへ出かけられたときいたものですから……」

「当分、かわせみには行かないほうがいい、袋叩きにされるぞ」

「おきくの親達のことですか」

源三郎が苦笑した。

新堀川を渡って、行徳《ぎようとく》河岸へ向う。

大川端から今、東吾が歩いて来た南新堀町の町並を川をへだてて、後に見る感じである。川のこっちは北新堀町で、やはり塩問屋と酒問屋が目立つ。

「良庵の足どりが、いくらかわかりました」

化物屋敷へ連れて行かれた夜から、殺されるまでの行動である。

「三日ほど寝て居りまして、それから、たて続けに丸三日、出かけています」

伊太郎夫婦のいうように、午前中から出かけて夕方、帰っている。

「賭場のほうは、ずっと御無沙汰で、最後に行ったのが、殺された前の夜、およそ百両近く負けたそうです」

「百両……」

「良庵にしては、珍しい大勝負だったと申して居ります」

そんな大金を、良庵がどこで手に入れたのか。

「まさか、化物屋敷じゃあるまいな」

「日が経ちすぎています」

化物屋敷の一件があってから、およそ十日近く、良庵のような博奕好きが大金を手にして十日もあたためているとは、まず思えない。

「昼間、さんざん出かけ歩いたあとだな」

「良庵は、なにかを探していたようです。それが、どうやら家の在処《ありか》らしいのですが……」

「化物屋敷の所在か」

「手前も最初はそうかと思ったのですが……」

源三郎が東吾を連れて行ったのは箱崎町であった。

行徳河岸のむかいで山谷船の船宿が多い。その一軒へ、源三郎が入って行った。

すぐに一人の船頭が呼ばれて来る。

まだ若くて、血の気の多そうな男で、胸許から刺青がちらちらしている。

「へえ、良庵とは賭場で知り合いまして……」

頭を掻いて、ちぢこまっていた。

「お前が、良庵に頼まれて舟を出した時のことを一ぺん、いってみてくれ」

源三郎にいわれて、新吉という船頭は大きく合点した。

「ちょうど三日、ぶっ続けでございます。暑い真昼間で……」

三度とも、深川から舟に乗り、大川を石川島のほうに下ったり、三ツ股へ出て永久嶋のふちを通り、行徳河岸の前の箱崎橋をくぐって鎌倉河岸の先まで行ってみたり、

「ともかく、この辺りの川を行ったり来たりさせられたんです」

おかしなのは、舟の中で良庵がしきりに眼をつぶって、耳をすませたりして自分の記憶と照らし合せていたようなことで、

「なにか、場所を探してるんだと思いましたが……」

三日間、舟をあっちへやれ、こっちへ廻せといわれて、いい加減、うんざりしたと新吉はいう。

「舟を上って、陸を歩いてみるということはしなかったのか」

化物屋敷へ連れて行かれたのは、舟から上って、又、駕籠でかなり揺られて行ったときいている。

「いえ、そういうことはありません。舟の上だけで、しきりに酒問屋の名前をきいて居りました」

川を漕ぎ廻って、酒問屋があると、その近くに舟を停《と》めさせて、つくづく考えていた

りする。

「川の前に店があるのじゃなくて、店の裏からいきなり川になるようなのを探しているようでした」

店の前から道をへだてて川というのではなく、店の裏塀から直接、川へ出られる店で、

「そういう店は、大方、塀のどこかに出入口の戸があって、そこに小さな桟橋をつけて舟を横づけに出来るようにしてございます」

舟で運んでくる荷を下ろす場所で、塀のむこうは倉になっているのが多い。

良庵はそういう酒問屋を舟から探し歩いたという。

「他になにか……」

「へえ……」

新吉は口ごもり、頭へ手をやった。

「どんな小さなことでもいい、思いついたことは、みんないってくれ。さもないとかかわり合いになる」

「冗談だとは思いますが……」

新吉はおどおどといった。

「年頃の娘のいる酒問屋を探しているんだと申しました」

「年頃の娘……」

「それで、良庵の探している店はみつかったのか」

「そいつはわかりません。あいつのことですから、ここがそうだなんてことはいいっこありませんから……」

「舟で探し廻ったのは三日だといったな」

「へえ」

「三日目はどの辺りを漕いだんだ」

「大川からいきなり日本橋川へ入りました。新堀町のほうから上って南新堀町の裏を廻って……あの辺は酒問屋が多うございます」

「北新堀町と南新堀町だと、大方の店は道をへだてて川になっている筈だが……」

「へえ、ですが、何軒かそうでない店もございます」

霊岸島に沿って川が交差しているところであった。

「源さん、行ってみるか」

新吉に舟を出させて行ってみると、成程、何軒かが、川にむかって塀があり、塀に出入口があって小さい桟橋のようなものをつけている。

「そこが津田屋でむこうが池田屋……その先が小西屋でございます」

その三軒を、良庵はつくづくと眺めて考えていたらしい。

「年頃の娘のいる店はどれだ……」

新吉が間が悪そうに小鬢《こびん》を掻いた。

「三軒とも居りますんで……」

良庵のいったことが気になって、あとから、それとなく調べてみたという。

「津田屋の娘はおちづさんといって十五、池田屋はお由利さんで十七、小西屋はお光さんで十八です」

「一番、きれいな娘はどれだ」

東吾が笑いながらいい、新吉が釣られて笑った。

「そりゃ、なんといっても池田屋のお由利さんです」

四

池田屋の娘が、一番、評判がいいと新吉はいった。

早くに母親をなくしていて、父親が掌中の玉のように育てた。

一人娘である。

「なにせ、娘のためにとうとう後妻ももらわなかったんですから、大変な可愛がりようで、あれじゃ、なかなか養子の口がきまらないだろうって噂です」

岸へ上って、新吉と別れてから、東吾と源三郎はぶらぶらと南新堀町を歩きはじめた。

池田屋の暖簾《のれん》の前には、小僧が水まきをしている。

なかなかの老舗《しにせ》である。川に向った堺の中には大きな酒倉が老舗の貫禄を物語っている。

「娘が美人で裕福となると、養子のなり手は多かろうが、源さんひとくち売り込んでみるか」

東吾がいい、源三郎が笑った。

「悪くありませんな」

ひょいと東吾が暖簾をくぐった。

慌てて、小僧が走ってくる。

「あの、店ではお酒の小売りはしていませんが……」

酒問屋を酒屋と間違えた客かと思ったらしい。

「酒を買いに来たんじゃないんだ。良庵って医者のことで、ききたいことがあってね」

大きな声だったので、店の奥へもきこえたらしい。番頭らしい男がとび出して来た。

「なんの御用でございましょうか」

腰を低くして訊ねる。帳場にいた手代が二人ばかり、不安そうにこっちをみた。

東吾の眼が、素早くその一人の顔を捕えた。

いつかの夕立の日、深川の蕎麦屋でみた顔である。

「良庵と申す医者が、当家を訪ねて来たことはなかったか。たしか七、八日、いや十日ほど前かも知れないが……」

番頭は否定した。

「手前に心当りはございませんが、只今、主人に訊ねて参ります」

主の藤右衛門がすぐに出て来た。

「良庵とやらいうお医者は、どちらの……」

「深川の佐賀町に住む貧乏医者だが……」

「手前どもでは箔屋町の溝口源斎先生が、かかりつけでございますが……」

「療治ではない。なにか店へいって来たことはなかったか」

「一向に、そのようなことは」

藤右衛門が店の者にたずねたが、番頭も手代も首をふる。

「それじゃ、なにかの間違いだろう。手間をとらせてすまなかった」

「あの……そのお医者が、なにか手前どもと」

「いや、医者は殺されたんだ。そいつの家から、手紙の書き損じが出て来たんだが、それに、ここの店の名が書いてあったのでね」

東吾がすらすらといい、源三郎は鹿爪らしい顔できいている。

「池田屋と申します屋号は、江戸に多うございますが……」

「そうなんだ。それで一軒一軒、当っているのだが……」

東吾が腰を上げると、番頭が心得たように、紙包を源三郎の袖へ落し込もうとした。

「御苦労様でございます」

その手を源三郎がひょいとおさえた。たいした力でもないのだろうに、番頭は腕がしびれて紙包を下へとり落した。

小判がいい音をたてて鳴った。

「行こうか、源さん」

あっさり店を出て行きながら、二人はなんとなく顔を見合せた。

店と奥とのしきりのあたりに、若い娘が不安そうにこっちをみている。

「あの娘でしたな」

路上へ出て足を早めながら、源三郎がいった。

「手代がいたから、多分と思っていたんだ。あれが池田屋のお由利か」

「良庵は池田屋へ行っていますな」

「間違いはないだろう。主人の顔色が変っていた」

「百両の出所は、池田屋でしょうか」

「良庵がゆすったとみるべきだな」

池田屋が、どうして貧乏医者にゆすられて百両も金を出したのか。

「あんな老舗に、弱味があるというのか」

八丁堀へ帰ってくると、玄関に来客らしい履物があった。客は武士である。

「ちょうどよかった。今、あなたと畝さまを呼びに行けとおっしゃって……」

兄が奉行所から帰って来ているという。

「お客様とご一緒に、たった今……」

源三郎を伴って、東吾は客間へ行った。

「兄上、東吾ですが、源さんと一緒です」

「入るがよい」

兄の声が明るかった。客と談笑していたらしい。

兄の前に客が二人居た。身なりからして大名家の侍とわかる。

「こちらは松江侯の御家中で丹羽殿と小林殿と申される」

引き合されて、東吾は四角ばった挨拶をした。

「実は練兵館の斎藤先生のお口添えで参ったのでござるが……」

初老の丹羽というほうが、温厚な話し方で口を切った。

「深川佐賀町の良庵と申す医者が化物屋敷へ連れて行かれたという話は、お耳に入っているると思うが……」

東吾は破顔した。

「やはり、あれは雲州侯のお遊びでしたか」

「御推察であったか」

「いや、当て推量です。雲州侯には赤坂のお屋敷に狩野梅笑に描かせた化物の間という部屋があるとかねてよりきいて居りました。それから思い合せて……良庵が参った化物屋敷には八尺もあろうというお小姓が出たそうですが、たしか、雲州侯お抱えの釈迦ヶ嶽と申す力士は、八尺豊かの大男とか……」

「流石《さすが》、八丁堀のお歴々……殿にも兜を脱がれましょう」

化物屋敷の悪戯は、松江の殿様で、今は隠居をしている南海侯といわれるのが、暑い夜の徒然《つれづれ》に思いつかれたことだという。

「そもそもは、出入りの植木屋から良庵という無頼の医者のことがお耳に入り、一つ、こらしめてやれとのお心もあって、夏の夜の一芝居でござった……」

化物になったのは、御贔屓《ひいき》の役者である瀬川菊之丞達で、この正義感を伴った悪戯は、まず夏の夜の退屈しのぎにはもって来いであった。

「丹羽どのがみえられたのは、その後、良庵が変死の噂をきかれてのこと。化物屋敷の件はともかく、烏天狗に関しては、一切、かかわりはないと、お前達に申されたいとてみえられたのだが……」

「もとより、良庵殺しの下手人を雲州侯とは思って居りません」

ずけずけと東吾はいった。

「ところで、丹羽どのには、あの夜、良庵を送り迎えした家中のお方を御存じですか」

丹羽がもう一人をふりむき、小林という侍が当惑そうに膝をすすめた。

「手前が、その役目を致したが……」

「舟で大川から、日本橋川を上って行く途中、なにかお気づきになったことはありませんか」

小林という侍は律義に考え込んだ。

「これは、雲州侯とはなんのかかわり合いもないことですが、良庵は殺される数日前、あの辺りの酒問屋をゆすって百両の金を入手して居ります。どうもそのゆすりの原因《もと》をみつけたのが、あの夜の往きかえりの途中のように思われますので……」

小林が顔を上げた。

「お役に立つかどうかわかりかねますが、あの夜、良庵を深川へ送る帰り道のことでござるが日本橋川から大川へ出たところで、舟をみました。灯をつけない小舟で……」

なにかを大川へ捨てていたような気がすると小林はいった。

「手前どもは、役目のことのみ、気をとられて、その時はうかとして居りましたが……」

酒の匂いがしていたと小林はいった。

「酒を川に捨てていたと申されますか」

「そのようなこと、あるわけがないが……」

神林通之進が弟をみた。

「酒問屋にて、時折、倉の酒を腐らすことがある。倉の戸を閉め忘れたりして、夏の温《うん》気《き》が倉に入ると、酒が腐る……その酒の処分だが……」

酒問屋で倉の酒がくさったと世間へ知れれば、忽ち取引は停止となる。下手をすると店を潰しかねない結果になった。

「兄上……」

東吾が手をついた。

「待て、雲州侯はこのように仰せられたそうじゃ。良庵と申すは、世の中の毒虫、毒虫の死に、もし罪なき者が罰せられる場合は、烏天狗に罪を背負わせるも如何《いかが》ならんとな」

兄の声を背に、東吾と源三郎は屋敷をとび出した。

その足で、池田屋へ向う。

池田屋はひっそりとしていた。

店では話しにくいことだと東吾がいい、間もなく、手代が奥へ案内した。

主の藤右衛門はすでに覚悟を決めていた。

「お上のお手をわずらわせまして……」

いいかけるのを、東吾が抑えた。

「良庵の下手人がわかったので、よけいなことだが知らせに来た。下手人は烏天狗、弱い者泣かせの良庵をこらしめんとて化物屋敷に招いたが、相も変らず悪を働く奴を、神が成敗なさったのだ」

あっけにとられた藤右衛門へ白い歯をみせて笑った。

「つまらぬことを口走るでない。すべては夏の夜ばなし、涼風と共に海へ流して忘れることだ」

ああっと藤右衛門が両手を突いた。

「しかし、それではお裁きが……」

「妖怪ばなしのお好きな、さる高貴なお方よりのお口添えだ。八丁堀も石頭ばかりではない。娘によい聟をとって暖簾を大事にすることだな」

隣りの部屋で娘の泣く声がした。

なにがなしにいい気分で、東吾は立ち上りがけにいった。

「烏天狗が一つだけきいてくれとおっしゃった。どうして、良庵はこの家に気がついたんだ」

藤右衛門が涙の顔を上げた。

「あいつは、娘をみたそうでございます。私どもが酒を捨てに海へ出るのを、娘が塀ぎわから心配して見送って居りました。駕籠の中から、娘の顔をみたと申しまして……」

おそらく、当てずっぽうだったろう。が、正直者は、すぐ顔に出る。良庵のような、ゆすりに馴れた男には、赤児の手をひねるようなものだったに違いない。

「金だったら、なんとでも致しました。あいつは、娘に眼をつけまして……娘と夫婦にしなければ……池田屋を潰すと申しまして」

思い余った父親は、良庵を殺す決心をし、忠実な番頭と手代がそれを助けた。

「化物屋敷の話を利用して……なんとか世間をごま化そうと致しましたが……」

「なあに、化物屋敷の妖怪の親玉から、お指図があったんだ。烏天狗さ。烏天狗も、たまにはいいことをするもんだ」

泣いている親娘にいい、東吾は源三郎と外へ出た。

「どうも、東吾さんにいい役をとられましたな」

笑っている源三郎に、東吾は頭を掻いた。

「今夜はかわせみで、ゆっくり飲もう。暑気払いと妖怪ばらいだ」

空に、浮かんでいる雲が、秋を思わせた。

赤とんぼが、二人の前をよぎってとんだ。

外は、まだ暑い。

女主人殺人事件《おんなしゅじんさつじんじけん》

一

大雨を伴った強い風が、江戸の町を狂ったように吹きすぎた翌朝のことである。

神田昌平橋の南にある阿部伊予守の上屋敷の北側の道、俗に幽霊坂と呼ばれるあたりに女が死んでいるのを、辻番所の若い衆がみつけて大さわぎになった。

年の頃は四十七、八、さして美人ではないが色白で豊満な姿態をした大柄な女である。縮緬《ちりめん》の単衣《ひとえ》は白地に荒磯を染めた派手なもので、ずるずるにほどけかけた博多帯ともども、まず着道楽の水商売の女という風体だが、髪は大丸髷にお歯黒を染めているところをみると人妻のようにも思われた。

定廻り同心、畝源三郎がその日の町廻りで、この辺りへやって来たのは、朝四ツという刻限で、今でいうと午前十時頃のことである。

死体は番屋へ移され、身許もう割れていた。

「中洲《なかす》の茶屋で、井筒屋という店から今朝ほど女主人のお節というのが、まだ帰宅しないというお届けが出て居りまして、年齢からいっても、身なりからしても、もしやと思いましたんで、一応、知らせをやりまして、今しがた、番頭が首実検を致しました」

殺されたのは、女主人のお節に相違ないという。

源三郎が番屋へ入ってみると、その番頭は紙のような顔色をして、土間にすわり込んでいた。

「おあらため下さいますか」

この辺りの岡っ引で文七というのが、源三郎に声をかけておいて、馴れた手つきで莚《むしろ》をめくった。

「手前がかけつけてみました時には、眼ん玉がとび出るくらいに、かあっと見開いて居りました。あんまりもの凄いので、瞼だけはふさいでやりましたが……」

死因は絞殺であった。

殺される瞬間に相手を睨《にら》みつけて息絶えたものだろうか。

着衣はひどく着くずれて、肩も胸もむき出しになっている。

源三郎は手をのばして、着物と帯に触ってみた。しめってはいるが、ぐっしょり濡れているわけではない。

「最初っから、そんなふうでございました」

髪もほどけかかっているが、濡れているのは左側だけで、

「死体が、水たまりに首を突っこむようにして倒れて居りまして……」

下になった部分が、水たまりの水を吸ったもののようである。

「現場は……」

「へえ、死体は動かしましたが、あとは手をつけて居りません、若い奴らが立ち番をして居ります」

文七が先に立って幽霊坂を下った。

坂のなかほどである。

幽霊坂と名がつくだけあって、辺りは大樹が枝をのばしていて、昼でも寂しげな場所である。

昨夜の嵐で吹きよせられた落葉や枝が散乱している道のすみは、ところどころ、水たまりが出来ていて、まだ、ちょろちょろと水が流れている。

「ここでございます」

文七がいうまでもなく、落葉の間にそれらしい痕があった。別にまわりの土に、ふみにじられた形跡はない。

「死体を運びます時にも、充分、気をつけましたんで……」

若いが、文七というのは、よく気の廻る男であった。

「ここで殺されたのではないようでございます。殺されて、どこかから運ばれて来たも

のではございませんか」

格闘のあとがないところから、文七はそう判断している。

「ひきずって来たような痕もないな」

嵐のあとの、汚れた道を眺めて、源三郎も呟いた。

「下手人は二人以上か……」

お節はかなり大柄で肥満している。男一人でかついでくるのは、いささか荷が重そうであった。

「ごく近所からか、さもなくば、相撲とりのような奴なら別ですが……」

文七も同意見である。

番屋へ戻って、まだ歯の根も合わないほど動転している番頭の清兵衛というのから、話をきいてみると、井筒屋の女主人、お節が出かけたのは、昨日、暮六《くれ》ツ（午後六時）をすぎてからだという。

「まだ、雨こそ降り出して居りませんでしたが、あの風で……お客様もおみえになりませんようなので、早くから店を閉めてしまいまして」

それでも物好きなのが一組、二組やって来て、板場は急に慌しくなった。

「お内儀《かみ》さんがお出かけになりましたのは、そんな時で、手前が、こんな荒れ模様に、どちらへと申しましたら、急用を思い出したので堀江町まで行ってくる、とおっしゃいまして……」

堀江町には、お節の妹が後妻に入った茶問屋で小津屋六兵衛の家がある。

「妹のおくめさんのところへいらっしゃったものと思いまして、ま、遠くもなし、供もいらないとおっしゃったものですから……」

お節のほうはそのままに、番頭はもっぱら客の入ったお座敷に気をつかっていた。

四ツ（午後十時）頃から大雨が降り出して、風はひどくなる一方で、

「こりゃあ、お内儀さんは堀江町にお泊りになると思いまして……」

番頭がそう判断したのは、それまでにも何度か堀江町へ出かけて、お節が泊って来ることがあったからだという。

「ところが、今朝になって、堀江町から大雨見舞の使いが参りました」

中洲は大川に面しているから、嵐の時に水が出ることがある。

「昨年の秋にも、床下まで水の上ったことがございまして」

堀江町からの見舞にきいてみると、昨夜、お節は来ていないという。

「それからびっくり致しまして、手前が堀江町まで参りました」

お節は昨夜、堀江町へ顔もみせていなかった。そればかりか、ここ何年、泊って行ったことなぞないといわれて番頭はうろたえた。

が、その時点で、清兵衛は、お上に届けまいと考えたという。

「ところが、店へ戻ってみますと、若い連中が、もう文七親分のところへかけつけたと申しますので……」

堀江町へ行っていないときいてびっくりした女中達が、出入りの岡っ引のところへ、板場の若い者を走らせていた。

「それが、かえってよろしゅうございました。それにしても、こんなことになっていようとは……」

初老の番頭は、唇をわななかせた。

「お前は、井筒屋に奉公して、どれくらいになる」

源三郎に訊かれて、清兵衛は指を折った。

「旦那様が、井筒屋をお継ぎになる前の、つまり御先代からでございまして……もう四十年近くになりますが……」

すぐ近くの久松町に家があり、女房子もいるという。

「昨夜は家へ帰らなかったのか」

「へい、あの嵐でございましたし、お客様がそのまま、お泊りになりまして、お内儀さんもお留守でございましたから……」

夜明け方まで、客は酒を飲み、

「女中頭のお品さんと手前と、板前の松助と三人は、とうとう夜あかしをしてしまいました……」

番屋の前に人声がして、下っ引が戸をあけた。

「堀江町の小津屋六兵衛と女房のおくめというのが参りました」

文七が、源三郎の許しを得て、夫婦にお節の死体をみせる。

「姉さん……」

おくめが声をあげ、やがてすすり泣きはじめた。

「とんだことだが、ちょっとききたい」

源三郎が夫婦の前に立った。おくめは後妻ということだったが、成程、夫婦の年はかなり差があった。

「昨夜、お節は堀江町へ来なかったのだな」

おくめにかわって、六兵衛がうなずいた。

「参って居りません。今朝ほど、番頭さんが来て、家内も手前も仰天致しました」

「お節は時折、堀江町へ行って泊ってくるといって出かけていたと清兵衛はいうが、そういう事実はあったのか」

「ございません。それも、番頭さんにきいて驚きました」

おくめも泣きながら、うなずいた。

「姉さんが泊って行ったなんて……一度もそんなことありゃしません」

もともと、目と鼻の先の中洲と堀江町である。一人暮しの妹ならともかく、嫁いだ妹の家へ泊りがけで出かけるというのからしておかしなことである。

「お節が堀江町へ泊るといって出かけたのは、いつ頃からのことだ。何度ぐらい、そういうことがあったのだ」

番頭が顔を上げた。

「ごく最近のことでございます。先月のはじめに一度、月末に二、三度、今月に入って、昨夜が二度目でございました」

「それ以前には、なかったのだな」

「はい」

「最初、お上に届けないほうがいいと思ったのは何故だ。お節に男がいると思ったからではないのか」

番頭は眩《まぶ》しそうな表情になった。

「申しわけございませんが……ひょっとしたらと存じまして……あまりさわぎ立てては、お内儀さんの恥になってはいけないと考えましたので……」

「心当りはあったのか、お節に男がいるという……」

「とんでもないことでございます」

番屋の障子に、秋の陽が明るかった。

二

「それで、井筒屋のお節には、男がいたのか」

「かわせみ」の、るいの居間であった。

幽霊坂の事件があって、三日目の夜である。

源三郎は秋になって、また一段と黒くなった顔をしかめてみせた。

「いたのは間違いありませんが、相手がわかりません」

お節にとって一番、身近な妹も、番頭も女中頭も、どうやら男がいるらしいとまでは気がついていたのだが、相手の正体はわからなかった。誰も心当りがない。

「お節は十二年前に、亭主が歿って、ずっと後家を通しています。その間には、少々の男出入りもあったようですが、これは、とっくに切れてしまって、ここ五年ばかりは男っ気なしだったそうです」

もともと、器量のいいほうではないし、三十をすぎるあたりから、ぶくぶく肥り出して一層、醜くなった。

五十に近い大柄な、女相撲のようなお節の相手をする物好きはいなかったらしい。

当人も心得ていて、その頃から頼りにするものは金だけだと、商売にも熱心になり、金の増えるのを楽しみにする様子であった。

「姉さんが、よく話していました。以前は男に金を貢いだりしたけれど、今、考えると馬鹿馬鹿しくて仕方がない、なんで、あんな無駄なことをしたか口惜しくって夜も眠れなくなるほどだって……」

おくめがいうように、もはや男にはふりむきもせず、なりふりかまわず商売に夢中になっていたお節が、このところ、急に若作りになった。化粧も濃くなったし、肥っていることを気にしはじめた。

「そりゃもう、間違いなく、好きな人が出来たんですよ。いやですねえ、五十になろうっていうのに……」

酒の肴を運んで来て、そのまま、源三郎の話に夢中になっていたお吉が口をはさんだ。

「お茶屋さんなら、お店に来るお客とか……案外、忠義面をした番頭なんかが可愛いんじゃありませんか」

お吉に酌をしてもらいながら、源三郎が律義に答えた。

「いや、番頭や店の男達は一応、当ってみましたが、みんな、その夜は店にいたようです」

殊に番頭の清兵衛は、ひと晩中、女中頭や板前と働いていたから、店を抜け出す暇はなかったといってよい。

「お節が死んで、一番、得をするのは誰なんだ」

行儀悪く、立て膝で飲んでいた東吾が訊いた。

「お節には子供がありませんし、歿った亭主は一人っ子で、他にこれといった親類もありません。今のところ、井筒屋は、お節の妹の縁で小津屋六兵衛が、なにかと面倒をみていますが……」

本業は茶問屋で、同じ茶の文字はついても、全く、内容の異なる水商売の茶屋である井筒屋を少々、もて余し気味だという。

「それに、お節の殺された夜は、あの嵐で、万が一、水でも出た時の要心に、小津屋は番頭、手代と共に主人の六兵衛が夜明しして警戒していたそうですから、まず、六兵衛が抜け出してというのも、ちょっと無理な気がします」

第一、お節の死体が捨てられていたのは昌平橋の南の幽霊坂で、中洲からも、堀江町からも、かなりの距離がある。

「ちょっと行って、殺して帰ってくるにしては遠すぎるな」

男の足でも往復に一刻《いっとき》は充分にかかる筈であった。まして嵐の夜である。

「もう一つ、お節の着衣は、それほど濡れて居りませんでした。ということは、少なくとも幽霊坂に捨てられたのは、雨が小やみになった夜明け方ということになります」

が、その時刻、堀江町では六兵衛が指図して、あちこちの知り合いへ見舞の使いをやったり、六兵衛自身も、よそからの見舞の使いに礼をいったり、挨拶を受けたりというさわぎであったし、その中へ中洲から番頭の清兵衛が、お節の行方不明を知らせてとんで来たりしている。

「別に、人を使って殺させたというならともかく、実際に番頭なり、六兵衛なりが手を下すことは不可能でしょう」

「とすると、相手の知れないお節の男が、残る手がかりというわけか」

「その手がかりが今のところ、全くないので困っています」

店へ来る常連の客も一通り、洗ってみたが、

「常連の客と、女主人がそういう仲になっていれば、女中達が気がつかないわけはない

というのです。たしかにああいうところの女中達の眼は鋭いようですから、万に一つも、女主人と客の関係を見逃すわけはない。事実、昔のお節の浮気の相手は、女中頭も番頭もみんな知っていました」

出入する商人や職人にしても、これというのはない。

「茶屋というのは、一度きりしか来ない客もあるだろう。井筒屋で逢ったのは一度きりで、あとは外で逢っていたとしたら、どうなんだ」

「それも考えましたが、一度きりの客の身許を洗うのは、まず不可能です」

常連ならば、どこそこの誰とわかるが、たまたま客になった相手に、一々、住所姓名を訊ねるわけではない。

「旅籠《はたご》のように宿帳でもあれば別ですが……」

それにしても、要心深くつき合っていたものだと源三郎は慨歎する。

「最初っから、お節を殺す気で深い仲になったんなら、要心するだろうな」

東吾がいい、るいが、はじめて口をひらいた。

「もし、そうなら、なにをめあてにそんなことをしたんでしょうか」

男と女がかかわり合って、そのあげくに男が女を殺す場合、まず、別れ話がこじれたとか、痴話喧嘩のあげくということが多い。

「最初っから殺すつもりで深い仲になるなんて。でしたら、その人、なにがめあてでお節さんを殺したんでしょうか、可笑しくありませんか」

「そりゃあ、お嬢さん、お節って人に怨みがあるとか……」

「怨みがあるのに、深い仲になるでしょうか。お節さんだって要心するでしょうに……」

「わからなかったんでしょうよ、お節さんはその人に怨まれてることが……」

「殺すほど、お節を怨んでいる人間はあるのかい」

東吾が助け舟を出した。

「それは多少、あるようです。なにしろ、お節は、ここ数年、金貸しのようなこともやっていたそうですから……」

無論、正規の金貸しではないが、知人に頼まれて、高利の金を融通したことがかなりあり、その取り立ては、素人らしくもなく峻烈《しゅんれつ》なものであったという。

「文七が、今、そっちのほうを洗っていますが……」

どうも、もう一つ、ぴんと来ないのだと源三郎はいった。

「うまくいえませんが、どうも、今度の一件は、見当違いのところを探っているような気がしてならないのですよ」

長年、犯罪を手がけて来た畝源三郎の勘というものらしい。それで、東吾の意見をききに来たのだという。

「残念ながら、俺にも全く見当がつかないな。これが絶世の美女でも殺されたというのなら、源さんの片棒をかつぐ気になるが、五十婆さんで金の亡者ときくと、どうも、ぞっとしねえ」

るいの膝に片手を突いて、東吾は生あくびをして、人のいい八丁堀の腕ききを追い返した。

「お気の毒に……畝様は本当にお困りになって、東吾様のお智恵拝借にみえたのでしょうに……」

枕を並べてから、るいが東吾の腕の中でいった。

「冗談いうなよ。あの野暮天《やぼてん》に朝まですわり込まれてたまるものか。何日ぶりに、兄上の眼をごま化して出てきたと思ってるんだ。それとも、他に男でも出来て、俺なんぞお呼びでないってんなら別だが……」

るいの腰に手を廻しながら、東吾はそんな憎まれ口を叩いてみせる。

「存じません。東吾様こそ、どこぞにいいお方がお出来になりましたのでしょう」

「俺が井筒屋の色気婆あを殺したとでもいいたいのかい」

「馬鹿馬鹿馬鹿しい、誰が、そんな……」

るいが小さく、声をたて、身もだえした。

二人だけの秋の夜は、まだ充分に長かった。

三

名月の夜であった。

それも、月がやがて消える夜明け前である。

大川の、首尾《しゅび》の松をやや下ったあたりを流されている屋根船を、たまたま、通りかかった釣舟の船頭がみつけた。

提灯をかざしてみると、屋根船には船頭が乗っていなかった。

竿さす者のいない船は、川の流れのままにただよっている。

釣舟には神田の青物市場で働く屈強の若い衆が三人ほど乗っていて、それが船頭を助けて、なんとか屋根船へ漕ぎ寄せた。

屋根船は猪牙舟《ちょきぶね》と違って、敷居や鴨居があり、障子が立て廻されるようになっている。屋根船という名前だが、実際には屋根はなかった。

障子の中は、無論、灯が消えている。

おそるおそる、提灯の光で内をのぞき込んだいい若い者が思わず声をあげたのは、そこに女が眼をむいて死んでいたからであった。

そこは船頭が老年だけに、まだ、しっかりしていて、船と舟とを綱で結びつけ、ともかくも、行徳《ぎょうとく》河岸の船宿まで漕いで戻った。

釣りはもう滅茶苦茶である。

船宿からは若い衆が番屋へ走り、やがて近所の岡っ引が眠い眼をこすりながら駈けつけて来た。

屋根船には、丸に松の文字の入った焼印が入っている。

「こいつは、下柳原同朋町の松井屋の船じゃありませんか」

同業だけに、船頭は知っていた。

すぐに、下柳原へ使いが走る。

松井屋から、番頭と船頭が一人、かけつけて来た時には、すっかり夜が明けていた。

殺されていた女は、松井屋の女主人、お峯であった。

「へえ、昨夜四ツ（午後十時）をすぎた頃でございました。お内儀さんがお武家に頼まれたから屋根船を向島まで持って行ってくると、おっしゃいまして、ええ、お内儀さんがお乗りになって、こいつが船を漕いで行きました。いえ、普段はそんなことはございません。お客からどこそこへ迎えに来てくれといわれれば、船頭が船を持って参ります、一々、船宿のお内儀さんが乗って行くなんてことは、まずございませんので……」

にもかかわらず、お峯は船に乗って行った。しかも、船頭の弥吉の話によると、

「ちょうど、寺島村の渡しに船をつけまして、お内儀さんが、暫く、どこかで一杯やっていてくれといいなすって、一分《いちぶ》握らしてくれましたんで……御承知のように、あの辺りは寂しいところで……」

仕方がないので平石という料理屋の近くまで戻って来ると、たまたま、名月を愛《め》でる客達の供をして来た駕籠屋や船頭相手の夜啼き蕎麦が出ていたので、そこで一杯ひっかけて、

「一刻あまりも暇つぶしを致しまして、戻ってみると、船がみえませんで……」

あっちこっち探しても、それらしい屋根船は見当らず、なんとも奇妙な気分で吾妻橋

を廻って帰って来たという。

船ごと、お峯が紛失してしまったのに、夜の中にさわぎ立てなかったのは、

「もしかすると、お内儀さんは内緒で、誰かにお逢いになってるんじゃねえかと思いまして……」

松井屋では、お峯が男と逢っていると考えたらしい。

「お峯の男ってのは、誰なんだ」

定石《じょうせき》からいうと、そいつがホシと色めき立って、お手先がきいてみると、誰もが首を振る。

「お内儀さんに男があったなんて、今日まで思いもよりません。旦那が歿ってから、固い一方で……浮いた噂のない人でしたから……」

松井屋の奉公人は勿論、近所でも口をそろえた。

もっとも、お峯というのは年は三十八だが、色は浅黒く骨ばった体つきをしていて、お世辞にも男好きのする女ではない。おまけに、勝気が着物を着て歩いていると陰口を叩かれるほど気が強く、男を男と思わないふうがあった。

「それですから、旦那の歿ったあとの松井屋を女手でやって来られたんで、男と噂の立つようなお人じゃとても渡り者の多い船頭を相手に商売なんぞして行けたものじゃありませんよ」

同業者の間でも、男まさりのしっかり者で通っていた。

「殺され方は、幽霊坂でみつかったお節って女と同じで、指を使って首をしめたんだろうということです。手口が似ているので、お上《かみ》じゃ、ひょっとすると下手人は一人じゃねえかと考えていなさるようで……」

お峯の船宿は下柳原同朋町だが、かかわり合いになった釣舟の船宿は行徳河岸で、大川端の「かわせみ」から、それほど遠くない。

番頭の嘉助は用足しに行ったついでに、昔とった杵柄で、ちゃんとき込みをして帰って来た。

「いやですねえ、たて続けに女ばっかり殺すなんて……」

早速、るいの部屋で嘉助の報告がすむと、お吉が眉をしかめた。

昨夜はお月見で、るいがすすきに秋草を壺にいけ、お団子を作って、「かわせみ」のみんなで大川に上った月を賞《め》でたが、東吾は来なかった。

「お屋敷でも、お月見があったでしょうから」

るいは、むしろ、嘉助やお吉に、そんな弁解をして笑っていたが、寂しさは一夜明けた今日も、るいのどこかに残っている。

そんなるいの気持をまぎらわそうと、嘉助もお吉も、もっぱら、大川の殺人事件に話をむけていた。

もっとも、もともと八丁堀の鬼同心といわれた、るいの父親の屋敷に奉公していた連中だから、今は本職となった宿屋稼業より、そういう話のほうが、馴れてもいるし、話も段取りがよい。

「どうも、昼間っから物騒な話をしているんだな」

庭先から声がして、珍しく着流しの東吾が、ちらと縁側の月見仕度に眼をやった。

「昨夜は兄上が、義姉上の月見の宴って奴につき合って、夜更けまで下手な歌詠みを気取っていてね、とうとう逃げ出しそびれたんだ」

これから、源さんにつき合って下柳原まで行ってくるといい、東吾は上らずに、又、「かわせみ」の庭から出て行った。

慌てて、るいが外まで追ってみると、道に源三郎が待っていて、東吾と肩を並べて行徳河岸のほうへ歩いて行った。

例によって、源三郎の片棒をかついで出かけるついでに、ちょっと大川端へ寄って、昨夜、来られなかったわけを、るいの耳に入れて行った東吾の気持が嬉しくて、るいは男の姿がみえなくなるまで立っていた。

源三郎のほうは二、三度ふりむいて、るいに会釈をしてくれたのに、東吾はとうとう一度もふりむかない。だが、そんな男の照れもわかっている、るいであった。

他人でなくなって、もう数年、一緒に暮せなくとも、夫婦のつもりでいる、るいと東吾の仲である。

行徳河岸によって、昨夜の釣舟の船頭に、例の屋根船をみつけた場所を、もう一度、訊ねた。

「へい、首尾の松より、だいぶ下ったところ、柳橋よりは上《かみ》のほうでございます。八番堀が右手にみえる辺りでございましたか」

浅草にある幕府の米蔵は大川に沿って、上のほうから一番堀、二番堀と八番堀まで蔵に堀が切り込んでいて、米の運搬に便利なように出来ているのだが、その四番堀と五番堀の間に、首尾の松というのが植えられてある。

そこから川を下ると、やがて柳橋、右には神田川が大川に流れ込んで来て、この辺りからは、川の流れも急に早くなる。

「その辺まで流されても居りましたら、忽ち永代《えいたい》から海まで行ってしまったかも知れません」

ちょうど、八番堀の先、松平伊賀守の中屋敷から柳橋の袂の平右衛門町まで、大川に洲がはり出していて、いくらか、川の流れをゆるめているあたりに、例の屋根船がただよっていたものだ。

「その屋根船だが、障子は全部、閉めてあったのか」

東吾が訊ねた。

「へい、閉めてありました。あっしが船を押えて、釣りの若い衆がとび移って障子をあけたんですから……」

「簾《すだれ》は……」

「巻き上げて、上へ放り上げてございました」

老船頭は考えながら、慎重に返事をする。

「屋根船の中は……障子が閉めてあったのだから、男と女が忍び逢ったと考えていいのだろうが、そんなふうだったのか」

「吉原枕が二つ、ころがって居りました。行燈は消えて居りましたし、その……座布団のわきにはちり紙なども散らばって居りまして」

ぼんのくぼを掻いて老船頭は苦笑した。屋根船の中には、情事のあとが、はっきり残っていたという。

「その船は、どこにある」

「まだ、うらにつないでございます。お調べがすんでから、松井屋さんのほうへ持って参るとかで……」

船頭が案内して、屋根船へ行った。

お峯の死体は、もう運んでしまったが、

「船の中は、親分方がお調べになったままでございます」

東吾が先に、続いて源三郎が乗り移る。

老船頭が話した通りの、船の中であった。

お峯が殺される前に、束《つか》の間の悦楽の時を持ったのは間違いない。

「情事の相手が下手人か、それとも、別かが問題だな」

抱いたあとに、男が女を殺したとも考えられるし、男が立ち去ったあとに、別の男がやって来てお峯を殺したとも思われる。

「お峯の相手は寺島村の渡しから乗り込んだのだろうな」

船にはお峯一人、船頭はいない。

媾曳《あいびき》をしたのも、殺したのも、寺島村の渡し場で、その後、下手人は船を降り、もやってあった縄を解いて、船を大川へ流した。

「船頭を連れて乗り込んだとしたら、どうだ」

東吾がいい出した。

「渡し場につないだ船の中で媾曳というのも曲《げい》がない、第一、別の舟が漕ぎよせてくる怖れもあるだろう」

「下手人が船頭をつれて来て、どこか別の場所へ船を着けたということですか」

源三郎が丹念に、船底をあらためながらいった。

「そんな面倒なことをしなくとも、お峯を乗せて来た船頭に、別な場所まで漕がせて行って、そこから金をやって帰したらどうですか」

「源さんらしくもないな、相手はお峯の家の船頭に顔をみられたくなかったんだ」

「ですが、共犯に船頭がもう一枚、嚙んでいるというのが、ちょっと面倒な気がします」

そう都合よく、船を漕げる者を仲間に加えることが出来たかどうかと源三郎はいう。

「お峯はどうなんだ、船宿のおかみというのは、いくらか船を扱い馴れているだろう」

黙ってひかえていた老船頭が口を出した。

「うちのお内儀さんは駄目ですが、松井屋さんのお内儀さんはどうでございましょうか。よその船宿のお内儀さんで少々、竿をあやつることの出来るのも、居るようでございます」

源三郎が狭い船底から体を起した。下手人の遺留品らしいものも、みつからなかったらしい。

「松井屋へ行きますか」

秋の陽の中を、二人は下柳原まで歩いて行った。

松井屋は、まだ、ごったがえしていた。

お峯の死体は、番屋から戻って居らず、通夜《つや》の仕度も出来ないでいる。

表口から土間に入ると、文七が番頭と話をしていた。源三郎をみて、慌しく立ってくる。

「畝の旦那、若い奴をお迎えにやったところで……」

お峯とお節の絞殺がよく似ていると文七はいった。

「お節の時に、旦那が柔《やわら》のしめ方だとおっしゃいましたので、今度も、この先の柔の先生にみてもらいました。同じだろうと……」

東吾がききとがめた。

「柔のしめ手で殺したのか」

源三郎がうなずいた。

「下手人は柔の心得があります」

お峯が竿をあやつれるかという問いには、番頭が答えた。

「お内儀さんは下手な船頭、顔負けでございます」

女で、普段、漕いでいるわけではないから体力がなく、さして遠くまで行けなかったにしろ、大川沿いにどこか適当な場所まで漕ぎ上るか、下るかは、さして困難ではないという。

寺島村の渡しから、男が乗って、お峯が竿をとってどこかへ移ることも、可能性があった。

「ところで、その男だが、全く心当りはないのか」

源三郎がきき、文七が番頭を眺めた。

「ございません、お内儀さんに限って……」

番頭も、土間のすみに並んでいる船頭や、呼び止められた下働きの女中までが、一せいにうなずいてみせる。

「するてえと、お峯はもう男には、まるっきり興味はなかったのか。仮に光源氏《ひかる》か業平《なりひら》か、いや、近頃、人気の岩井粂三郎のような男がくどいても木仏金仏石仏で、相手にしないような女なのかい」

東吾が伝法《でんぽう》な口調で、みんなを見渡し、番頭が、ちょっと苦笑した。

「そんなこともございますまい、お内儀さんも女でございますから……」

「役者にうつつをぬかすようなことはあったというのか」

「いえ、役者ではございませんが……」

客が船に乗って行くのを、いつまでも見送っていたことがあると番頭はいった。

「大層、男前のお客様で……」

船がみえなくなってからも、お峯がしきりに嘆息をついていたのをみて、

「お内儀さんもやっぱり女だと思ったものでございます」

「客は芸人かい」

「いえ、お武家でございました」

ちらと東吾の眼が源三郎をみた。

「その話、くわしくきかせてもらおうじゃないか」

すかさず、源三郎が上りがまちにすわり込んだ。

男前の武士が、船を出してもらいたいといって松井屋へ来たのは、ちょうど先月のはじめで、

「三日でございます」

帳簿をみていた番頭が確認した。

「はじめてのお客様で……お名前はうかがいません」

応対は最初、番頭がして、たまたま店にいたお峯も加わった。

「まだ、日中は船の中でも暑いとおっしゃって、夕暮まで二階でお待ちになるとのことで、お内儀さんが御註文の御酒を運びまして……」

番頭が気になったのは、上って行ったお峯が、なかなか下りて来ないことであった。

いつもは、酒をおいて、二、三杯、お酌をして、あとは下りて来てしまう。

「でも、話し好きのお客が引き止めてということもございますので、あまり気には致しませんでした」

一刻ばかりで、お峯が下りて来て、船頭に船の仕度を命じ、やがて、客を迎えに行った。

「お峯が、いつまでも見送っていたというのは、その客のことなのだな」

源三郎がいい、番頭が頭を下げた。

「二階で、その客とお峯がねんごろにしたと思われる節はないか」

東吾がずけずけといった。

船宿の二階はよく媾曳の場所になる。

「左様なことはございません。いくらなんでも、はじめて逢ったお客でございますから」

「お峯と、その客はその日、はじめて顔を合わせたようだったのか、前からの知り合いとは思えなかったか」

「あの時が、最初に違いございません。お客が、当家の女主人はいるかとおっしゃいまして、お内儀さんが応対に出たのでございますから……」

それまで眼の前にいたお峯を、その武士は松井屋の女主人と気づかなかった。

「女主人はいるかと訊ねたのだな」

東吾が呟いた。

「左様でございます」

「当家の内儀とか、女房とかいったのではなかったのか」

「いえ、女主人でございました」

番頭は、それで、相手が松井屋は女主人と知っているのだと思ったという。

「その武士は、その後にこの店へ来ていないのか」

「はい、それ一度きりでございます。二度とおみえになって居りません」

「お峯が、その侍と、外で逢っていたようなことはないのか」

「いいえ、ございません。お内儀さんは滅多に遠出をなさいませんし、遠出の時には必ず供がついて参ります」

それに、その後のお峯の様子が少し、可笑しかったと番頭はいう。

「なんと申しますか、ふさぎ込んでいて、嘆息をついたり、若い娘の恋患《わずら》いのようで……」

ひょっとすると、あの侍の客に片想いでもしてしまったのかと、番頭は少々、あきれていたらしい。

「侍の年頃は……」

「三十そこそこでございましょうか、背が高く、筋骨のたくましいお方で……」

そのくせ、顔立ちは女のように優しげであったと番頭が申し立て、その客を送った船頭も、ほぼ、同じような証言をした。

「その侍は、どこまで行ったんだ」

「吾妻橋のところでございます。竹町の渡しの近くで……」

広小路のほうへ歩いて行ったと、船頭はいう。

偶然だったが、この時、侍を送った船頭が、昨夜、お峯を乗せて向島へ行った奴であった。弥吉という、まだ若い、血の気の多そうな男である。

「昨日、お峯は客から頼まれて、向島まで船を持って行くといったそうだが、その客からは、どうやって知らせが来たんだ」

源三郎が、東吾に替って、訊ねた。

「客から使いが参りましたんでございます」

近所の小僧が、人から頼まれたといって、手紙を持って来た。

「この子でございます」

すでに文七が若い者にいって呼びよせておいたらしい。土間のすみから、十歳ぐらいの酒屋の小僧がおどおどと押し出されて来た。

「女の人に頼まれたんだよ。松井屋のお内儀さんにこれを届けてくれって……必ず、お内儀さんに渡すんだよって……」

駄賃をもらって、小僧は松井屋へとんで来た。

「ちょうど、お内儀さんが店にいたから」

お峯は受けとって、その場で文をひらいてみたが、急に小僧に駄賃をやり、慌しく奥へ入ってしまった。

「夜になって、向島へ行くとおっしゃった時に、そんな使いがいつ来たのかとうかがいましたら、昼間、手紙で知らせて来たとおっしゃいましたから……」

酒屋の小僧が持って来た文より他には考えられないと番頭はいった。

「その女は、お前の知らない顔か」

東吾に訊かれて、小僧は固くなって首をふった。

「知らないよ、どこの人か知らない」

四

松井屋から、東吾は井筒屋へ廻ってみるといい出した。

幽霊坂で殺されていたお節の店である。

「その前に、幽霊坂もみて来るか」

不意にいい出して、東吾は松井屋の番頭に舟を出してくれと頼んだ。

「とりこみ中、すまないが、船頭は弥吉がいい」

ちらと源三郎が東吾をみたが、そのまま、なにもいわずに、文七にあとの手配を命じて猪牙《ちょき》に乗った。

柳橋から昌平橋まで、舟は神田川を上って行く。

「屋根船の船頭は、男と女の客とみると、障子を一枚、板子の下にかくしておくそうだな」

東吾がのんびりした調子で、弥吉に話しかける。

「障子が一枚足りなくちゃ具合が悪いから、船頭に祝儀をはずんで、なんとかもう一枚出してもらう。これが、船頭のいい実入りになるってえじゃないか」

「たいしたことはありませんよ」

弥吉が苦笑した。

「近頃の客はあつかましくて、障子をしめたとたんに、女が帯をとき出したり、こちとら聞きたくもねえ声まで聞かされますんで……おまけに、下りたあとの舟の中は、これみよがしでござんしてね、若い俺らには、眼の毒だ。祝儀をもらったくらいじゃ、女郎買いにも行けやしません、こっちは血の気のやり場をもて余しちまいましてね」

「そうでもないだろう。時には声をきいて面白がるだけじゃなくて、障子のすき間からのぞきみして喜ぶ奴もいるそうだ」

「いけませんや、旦那、船頭がのぞいてたんじゃ、船が動きませんよ」

「お前、みたんだろう」

東吾の声もきびしくなった。

「お峯の待っている船に、男が乗り込むのを、のぞいていやがったんだろう」

「いえ、旦那」

「お峯に銭をもらって岸へ上り、一度はさも一杯やりに行くように遠ざかってから、そっと戻って来て物かげからのぞいていた。そうなんだろう」

弥吉は蒼くなった。

「八丁堀の旦那はお見通しだ。下手にかくし立てをすると、手前も番屋へしょっぴかれて痛いめに逢わなけりゃならねえぜ」

源三郎が、おだやかな声できいた。

「みたんだな、男を……」

「へえ」

泣くような弥吉の返事である。

「どんな男だった」

「侍です……頭巾《ずきん》をかむっていましたが、いつかの色男の侍に間違いありません」

男が船に乗ると、お峯が竿をとって、船を水神《すいじん》の森のほうに漕いでいった。

「それっきりで……他にはなにも知りません、嘘はつかねえ……本当なんです」

東吾が、空を仰いだ。

いつの間にか曇って来て、今にも降り出しそうな様子である。

湿り気を含んだ風が、川っぷちの柳を吹いてすぎる。

「こいつは降るぜ」

雨が降り出した時、るいは帳場に居た。
嘉助が近くの油問屋へ行っていて、お吉は二階の掃除をしていた。
入口に人影が立った。
雨に降りこめられて軒先へ逃げ込んだもののようである。
るいは帳場から立って玄関へ出た。
「もし、雨宿りでございましたら、どうぞ、なかへお入りなさいまし」
男がふりむいた。
侍であった。
着流しだが、浪人のようではない。
色が白く、唇の赤い、女のような美男の侍である。
背は高く、肩幅も広い。
るいをみつめた眼に、なんともいえない色気があった。
昼なのに、雨のせいで、店の中はひどく暗くなっていた。
暗い土間に、るいの顔が夕顔の花のように浮んでいる。
雨の音が、激しくなった。
少々の物音は、雨で消されてしまっている。

侍が、ゆっくり、るいに近づいた。

五

その侍が近づいた時、るいは衿元《えりもと》がちりけ立ったような気持になった。いわゆる殺気とは違うが、全身を悪寒《おかん》のようなものが走り抜けたようである。といって、相手は眉目《びもく》秀麗な侍であった。土間へ入って来た物腰も穏やかで、るいが不快に思うものは、なにもない。

「ここは旅籠《はたご》か」

侍がきいた。

低い、ひんやりとした声である。

「はい」

「部屋はあるか」

「はい、御身分のあるお方のお宿には、あまりむさくるしゅうございますが、雨が上るまででございましたら、どうぞ、おくつろぎ下さいまし」

帳場のむこうの女中部屋に、若い女中が縫いものをしているのは知っていたが、相手が武家なので、るいは自分で階下の萩の間へ案内をした。

大川に向った、「かわせみ」では上等の部屋である。

手早く座布団を出して台所へ戻ってくると、ちょうどお吉が二階の掃除をすませて下りて来た。

「雨宿りのお客様を萩の間へお通ししたから、すまないが、火を運んでおくれでないか」

雨のために、うすら寒い陽気であった。

お吉が心得て、すぐ台所から火種と炭を十能《じゅうのう》にまとめて、萩の間へ行く。

その間に、るいは茶の仕度をした。

雨は前よりも激しくなっている。板場の窓から格子越しにみえる大川も暗く、靄《もや》がかかったようになっている。

「お酒をつけてくれないかとおっしゃるんですよ」

萩の間から戻って来たお吉がそういって、自分で徳利を出し、酒を注いだ。

ちょうど中途半端な時間で板前も自分の部屋へ入って一休みしていた。

「お肴は別にいらないとおっしゃってましたから、あたしで出来ますよ」

てきぱきと働きながら、お吉がいった。

「随分、色男のお侍ですねえ」

茶を持ってるいは再び萩の間へ行った。

侍は障子ぎわに立って、大川を眺めている。

るいをふりむいて、そこから声をかけた。

「当家の主《あるじ》は在宅か」

少し、ためらって、るいは答えた。

「私が、主でございますが……」

「女主人か」

意外そうに、るいをみる。

なにか問いたげだったが、るいはその暇を相手に与えずに、酒を持ってくるからと素早く、部屋を出た。

侍の視線のねばっこさを、本能的に避ける気持になっている。

酒はお吉に運ばせた。

親切で声をかけたことだったが、雨宿りのきっかけを作ったのを、るいは少し後悔していた。

居間へ戻って、長火鉢の前へすわり、外を眺めた。東吾はどのあたりで雨に遭ったかと思う。

今夜は帰りがけに「かわせみ」へ寄ってくれそうな気がしていた。

立ち上って、るいは箪笥《たんす》をあけ、東吾の衣類をえらび出した。

濡れて帰ってくる男のために、いつでも着がえられるように肌襦袢から下着までを揃えて乱れ箱にしまう。

「おかしな陽気ですねえ、夏からいきなり冬になっちまうようで……」

お吉が炭箱を下げて入ってくる。

「勤番者でしょうかねえ」

萩の間の侍のことであった。

「それにしちゃ垢抜けているようなんですけど……お嬢さんのことを、いつ、御亭主に死なれたのかなんてきくんですよ」

るいが女主人と知って、寡婦かと勘違いしたらしい。

それに対して、お吉がどう返事をしたのかるいは気になったが、お吉はそれっきり、なにもいわずに、炭を足している。

大川が夜になる頃、侍の部屋から手が鳴った。

駕籠《かご》を呼んでくれという。

雨の中を駕籠屋へ走って行った嘉助が戻って来た時は、東吾と一緒で、

「お嬢さん、神林様の若先生がおみえになりましたよ」

土間から呼ぶ声まで、はずんでいる。それとは別に、お吉が萩の間へ駕籠の来たことを知らせに行って、侍が玄関へ出て来た。

ちょうど、るいが東吾の肩や裾を手拭で拭いているところで、侍はちらと、そっちをみたが、すぐに嘉助のさしかける傘の下をくぐって駕籠に乗る。

るいは慌てて、軒先へ出て駕籠を送った。

「余分に頂きましたんですよ」

普通より多い心づけを、お吉がみせた。

雨宿りをこっちから勧めたので、るいはほんの酒代しか勘定をつけなかった。

「さっきの侍、なんだ」

冷えた体を湯であたためて、着がえた東吾が長火鉢の前へすわって、るいに訊ねたのは、侍が帰って一刻近く経ってからである。

雨宿りのいきさつを、るいは話した。

「まるで役者にしたらいいような、お侍でしたねえ」

膳を運んで来たお吉も話に口を出して、

「色男は油断がなりませんよ。うちのお嬢さんに目をつけたみたいですからね」

ちらりと東吾とるいをみた。

「なにをいうのです。あたしに目をつけたなどと、でたらめを……」

るいが真っ赤になって抗議をしたが、お吉はいよいよ大真面目で、

「嘘じゃありませんよ。あのお侍、うちのお嬢さんのことを根掘り葉掘り、あたしは心得てますから肝腎のことは何一つ、喋りはしませんけども……」

「名をきいたか」

東吾が不意に問うた。

「いいえ、お宿をしたわけではございませんので……」

東吾が考え込んだのを、るいは別の意味に解釈した。

「お吉は、あたし達をからかってあんなことを申したんです。別にあたしは……」

ふっと東吾が笑い出した。

「俺が気にしたのは、他のことなんだ」

殺された松井屋のお峯が、最後に媾曳した男が、役者のような侍だったという話をすると、お吉もるいも目を丸くした。

「俺が気になっていることが、もう一つあるんだ」

その侍が、はじめて松井屋へ来た時に、女主人はいるかと訊ねたことである。

「そいつは松井屋が女主人だということを知ってたんだ。しかし、お峯の顔は知らなかった。というのは、番頭の話なのだが、その侍が店に来た時、お峯は帳場の脇に居たそうだ。店にいるお峯を、そいつは松井屋の女主人と気がつかずに、番頭に、女主人はいるかときいている」

るいが首をかしげた。

「どういうことでしょうか」

「俺も、まだ、わからないのだ。ただ、その侍が女主人といったことが胸につかえているだけでね」

「気味が悪い……」

るいが東吾の膝に手をかけた。

「まさか、さっきの侍が……」

「世の中に色男の侍は、いくらもいるさ。るいの前にも、一人いる」

笑って、東吾がるいの肩を引き寄せた。

が、その夜があけて、「かわせみ」へ来ると朝寝坊の東吾が、漸く朝粥《あさがゆ》で腹ごしらえしたばかりのところへ、畝源三郎がとんで来た。

「どうやら、三つ目のようです」

のんびりした口をきいているが、流石に緊張の色が濃い。

「やられたのか」

「日本橋の両替商、富田屋の女主人、お勝という者です」

「今度も女主人か」

刀を摑んで、東吾は「かわせみ」の玄関を出た。

大川端から日本橋まで、二人とも早足には定評のある八丁堀育ちだ。

このあたりの縄張りは、徳造という岡っ引だが、行ってみると、幽霊坂の一件を探索中の文七が、もう駈けつけていた。

「似たような殺しだとききまして……」

富田屋のお勝は庭先に倒れていた。

庭に面した雨戸が一枚、開いている。

「今朝方、奉公人がみつけた時のままにしてございます」

みつけたのは、女中のお久という十七歳の娘で、いつものように起き出してみると、お勝の寝間の廊下に陽がさしている。雨戸が開いていたためだが、

「てっきり、お内儀さんがもう起きて雨戸をあけかけたのかと思いました」

それにしても一枚だけ半開きというのがおかしく思えて、庭をのぞいてみると、そこにお勝が倒れていたという。

お勝は眼をむき、凄い形相で死んでいた。

着ているのは、お勝がいつも寝巻にしている楓の浴衣で、それに紫色の伊達巻をしめ、上から半纏をひっかけている。

「昨夜、お勝が最後に会った者は……」

源三郎の問いに、番頭が慄え声で答えた。

「多分、お久だと思いますが……」

お久が蒼い顔でうなずいた。

「あたしが、いつもお内儀さんの布団を敷くんです。昨夜は、いつもより遅くて四ツ(午後十時)すぎに寝間の仕度をしました」

その時、お勝はもう寝巻に着がえていて、お久に、遅くなってすまなかったね、と声をかけている。

奉公人の中、番頭は通いだし、手代三人は店の二階に二人の小僧と一緒に寝ているから、母屋のほうは少し耳の遠い飯炊き女と、女中のお久だけである。

寝間の布団は、前夜、お久が敷いたままであった。そこに、お勝が横たわった跡はない。

「お勝は、寝る前に、外へ出て殺されたってことになりますね」

文七が、源三郎をみてささやいた。

「昨夜はどしゃ降りだったが、雨の上ったのは、何刻頃だったかな」

東吾が縁側から庭を眺めながらきく。

「夜半すぎには上っていたんじゃありませんか。手前が夜明け前に手水《ちょうず》に起きた時は、もう、月が出て居りましたから……」

文七が答えた。

お勝の死体は、かなり濡れていた。着衣などはしぼるほど水びたしになっている。

「幽霊坂で殺されたお節の死体は、これほど濡れてはいなかったな」

同じく大雨の降った夜に殺害されていたのに、お節のほうは、こんなに濡れそぼってはいなかった。

「お節はどこかで殺されて、雨の上る夜明けに幽霊坂へ運んで来て捨てられた。お勝のほうは、雨が降っている最中に、庭へ出て殺されて、そのまま、一晩中、雨に打たれていたということだな」

殺しの手口は、お節の時とも、お峯のときともそっくりで、柔《やわら》の心得のある者が、咽《の》喉《ど》をしめたようであった。

「ここも、女主人ですな」

ぽつんと源三郎がいい、文七が勢い込んで応じた。

「下手人は、よくよく女主人に怨みでもある奴じゃございませんか」

富田屋の主人、源兵衛が歿《なくな》ったのは、ちょうど半年前で、

「脳卒中でございました。まだ、そんなお年でもございませんでしたのに……」

四十二の厄年だったという。

お勝は一まわり年下で、ちょうど三十、夫婦の間に子供はなかった。

「そうすると、この店の跡継ぎはどうなるんだ」

源三郎が訊ね、番頭が途方に暮れたような顔をした。

「今のところは、お内儀さんがなにもかもおやりでございましたから……」

源兵衛は歿る前、およそ半年以上も寝込んでいて、その頃からお勝がすでに富田屋の采配《さいはい》をふっていた。

「ま、旦那様の一周忌でもすみましたら、御養子の話とか、お内儀さんの……」

再婚の話が出たかも知れないが、まだ、具体的にはなにも決まっていなかったという。

「源兵衛に兄弟はないのか」

「へえ」

番頭の当惑が更に濃くなった。

「弟さんがお一人、いらっしゃいますが……」

「そこに子供なんぞいないのか」

弟夫婦に何人か子がいて、その一人を子のない兄夫婦が養子にする例は多い。

「なにしろ、まだ、お内儀さんをおもらいなすっていませんので……」

「独り者か」

意外であった。

源兵衛が四十二なら、弟のほうも、そんなに若いとは思えなかった。

「三十九におなりだと存じます」

名は源七という。

「お内儀さんを、その弟と夫婦にするような話はなかったのか……」

番頭は下をむいて、はっきり否定した。

「それはございませんでした」

「どうしてだ」

「お内儀さんにもそのお気持はございませんでしたし、源七さんのほうも……」

それ以上は、この律義そうな番頭の口からきけそうもなかった。

お手先に指図して、お勝の死体を家へあげ、納棺の仕度がはじまっている。

その頃になって、源七がかけつけてきた。

番頭が小僧を知らせにやったものである。小柄で華奢《きゃしゃ》な体つきの男であった。着ているものも、安っぽいがぞろりとしていて、全体になよなよした感じがする。

「変に色っぽい男だな」

東吾が苦笑すると、文七がそっとささやいた。

「飯炊き婆あの話ですと、若い時分から役者になりたがって、あっちこっちの小芝居へ出してもらったり、どさ廻りについて行ったりしたことがあるそうです」

成程、顔は白粉《おしろい》焼けがしている。

「あれじゃ、ここのお内儀さんと夫婦になって店を継ぐってわけにも行きませんな」

番頭の当惑していたのは、そのせいらしかった。

気の弱い男らしく、おろおろし、しきりに涙を拭いている。

「お前がお勝に最後に逢ったのは、いつだ」

八丁堀の旦那から、じかに声をかけられて、源七はすくみ上った。

「昨夜でございます」

「昨夜……」

泣き泣き話すのをきいてみると、源七は昨夜、五ツ（午後九時）すぎに富田屋へ来て、お勝に逢った。

「近く、どさ廻りの一座に入れてもらって、旅に出ますので、兄さんのお位牌におまいりさせてもらって、義姉《ねえ》さんにも別れを告げておきたいと思いまして……」

餞別をもらって帰ったのが、四ツ（午後十時）前だったという。

それはお久も、手代の新吉も知っていた。

「源七さんがみえた時も、声をかけられて、手前がくぐりをあけました。帰る時も、お内儀さんにいわれて、くぐりをあけて、店から送り出しました」

雨の中を傘をさし、提灯を下げて帰って行く源七を見送ってから、戸じまりをし直して新吉は店の二階へ上って寝た。

お久のほうは、源七がお勝の居間にいる間中、台所にいて、お茶を運んだりした。

「そんなに長い間、居たわけじゃありません。あたしがお茶を持って行った時は、仏壇にお線香をあげていましたし、お内儀さんは財布からお金を紙に包んでいました」

それが、どさ廻りの一座について行く義理の弟への餞別だったのだろう。

「源七さんが帰ってから、お内儀さんの夜具を敷いたんです」

お久が、さっき、いつもより遅く寝間の仕度をしたといったのは、源七の来訪のためであった。

「お前の家はどこだ」

東吾がきいた。

「浅草の聖天様《しょうでんさま》の裏の長屋でございます」

「一人暮しか」

「へえ」

「昨夜はまっすぐ、そこへ帰ったのか」

「へえ」

「途中、誰か知った者にあったか」

「いいえ別に。なにしろ、どしゃ降りでございましたから……」

時刻も遅かった。

「富田屋へは、ちょいちょい出入りしていたのか」

「いえ……」

源七が恥かしそうに、しなを作った。

「こんなふうな暮しをして居りますので、兄が生きて居ります時分は、表向きには出入り致しませんでしたが、義姉さんがいろいろ気を遣ってくれましたので、時々、顔出しをして居りました」

源兵衛が死んでからは、法事などで何度か敷居をまたぐようになったという。

「富田屋の血筋は、お前一人だそうだが、両替商をやって行く気はあるか」

源三郎にきかれて、源七は眼を丸くして両手をふった。

「とんでもないことで……、手前のような者に勤まるわけがございません」

六

八丁堀への帰りがけに、遅い昼飯がわりに蕎麦屋へ寄って、源三郎も東吾も、なんとなく無口になっていた。

女主人ばかりが三人、すでに殺されていた。

もし、文七のいうように、下手人が女主人ばかりをねらって犯罪を重ねるとすれば、この先も、又、どこかで女主人がいけにえになる。

「下手人は、すでに次の女主人にねらいをつけているかも知れませんな」

お峯殺しもお節殺しも、計画的のようであった。まず、美男の侍が、男から相手にされなくなった後家を夢中にさせて、殺している。

「富田屋は大層な金持だそうだな」

蕎麦を食べ終えて、東吾が思い出したようにいった。

「裕福なようですな」

源三郎が苦笑した。

両替商だが、金貸しもしている。家作もかなり持っているし、資産は近所の噂以上らしい。

「どうも、いやな事件だ……」

三つの殺しの目的が、まるで摑めないところに探索の行きづまりがあった。

「遺産めあてというならわかりますが……」

幽霊坂で殺されたお節がやっていた中洲の茶屋「井筒屋」のほうは、今のところお節の妹聟に当る堀江町の茶問屋、小津屋六兵衛がなにかと面倒をみて、商売を続けているが、

「やっぱり水商売でございますから、女主人がおかしな死に方をしたとなりますと、店にけちがつくようで……」

あまり商売も思わしくなく、小津屋もむしろ、もて余し気味だと文七が報告している

し、もう一軒の船宿「松井屋」のほうは女主人のお峯が殺されて、結局、店を閉めてしまった。

「こうなると、江戸中の女主人の店を調べ上げて警戒させるより仕方がありませんな」

そんなことが、ただでさえ手の足りない八丁堀に出来るわけもなく、又、警戒したところで、女主人が色男の侍に夢中になってしまえばどうにもならない。

「お勝も、色男の侍に殺されたのだろうか」

東吾がきき、

「おそらく、そうではありませんか、手口は全く同じですから……」

「しかし、お勝が外で男とつきあっているとは思えないと、番頭も女中もいっていたが……」

源兵衛が死んで半年である。

「お節の場合も、お峯の場合も同じではありませんか」

どちらも、女主人はものがたい性格で、浮気の相手がいようとは、奉公人が殆ど気がついていなかった。

お峯の場合、たまたま、船頭がのぞきみをして、色男の侍が浮かび上っただけである。

気の重い顔で、二人は八丁堀へ引き揚げた。

翌日から東吾は月の中、半分は代稽古に通っている狸穴の道場の稽古日であった。

なんとなく「かわせみ」が気になって、稽古が終ると、まっすぐ大川端へ行ったのは、やはり女主人殺しが心にひっかかっていたためだろう。

「ずっと気をつけて居りましたが、あれっきり、例の侍は参りません」

東吾の顔をみると、すぐに嘉助が報告した。

狸穴に出かける前に、嘉助にだけは、くれぐれも要心するようにいいつけて行った東吾である。

るいは待ちかねていた。

半月ぶりに帰って来た男の身のまわりの世話をこまごまとしたところまで気をくばって、いそいそと立ち働いている。

「富田屋では、やはり源七さんを家に入れるようでございます」

東吾がるいの部屋に落ちついてから、嘉助が自分でお膳を運びがてら話した。

珍しく、お吉が風邪をひいて熱を出し、寝込んでいる。

「いろいろあったようでございますが、これといって身近な親類もございませんで、結局、源七さんが芸事狂いをやめ、商売一筋に身を入れるということで、家へ入ったそうですが……」

「富田屋の跡を継いだのか……」

「他に継ぐ者が居りませんから……」

独り者だし、職はあってないような今までの暮しだから、心を入れかえて、その気になれば、転身《かわりみ》も早いだろうと嘉助はいう。

「すまないが、源さんのところへ使いをやってくれないか」

暫く考え込んでいた東吾がいい、間もなく畝源三郎が町廻りから帰ったままの恰好《かっこう》でとんで来た。

「どうも気になるんだ。もう一度、富田屋の源七を洗い直してくれないか」

お勝が殺された夜、源七が長屋へ帰って来たのをみた者はいないか、その時刻は何刻頃だったか。

「源七が侍とつき合いはなかったか。色男の侍とは限らない……どんなのでもいいから、侍とつき合いのあるなしを調べてくれ」

それからもう一つ、と、少しためらいながら東吾は奇妙なことをいった。

「源七をお上が疑って調べているってことを、源七にわからせるようにしてもらいたいんだ」

畝源三郎が東吾をみつめた。

「源七を、こっちが調べていることを、源七にわからせるわけですな」

「そうだ、せいぜい派手に文七に動き廻ってもらってくれ」

ちょっと考えて、源三郎は承知しましたといい、るいの用意した酒も辞退して帰って行った。

どういう風の吹き廻しなのか、東吾はその夜から、るいの部屋に居すわった。

目と鼻の先に八丁堀の兄の屋敷があるのに一向に帰る気配がない。

それればかりか、るいが気がついてみると、着流しで片襷《かただすき》などをかけ、台所で泊り客のための酒の燗を手伝ったりしている。

「あんまり、みっともないことはしないで下さい」

お吉も、もう起きて、手はあるのだからと、るいが叱っても、いつの間にか、薪割りをしていたり、庭を掃いていたりする。

「そんなところを、もし八丁堀のどなたかにみられたら……」

るいは気を揉みっぱなしであった。

狸穴の稽古がいつ終るかは、神林家にはわかっている筈であった。

何日も屋敷へ帰って来ない東吾を、それでなくとも弟思いの通之進が心配しないわけはない。

「義姉上には、源さんから伝えてもらってあるんだ。源さんの手伝いをしているから、当分、屋敷には帰れませんとな」

「そんなことをおっしゃって……」

張り込みや夜廻りをしているならともかく、一日中、「かわせみ」から外へ出ないでいる東吾である。

「るい、お前、馬鹿に俺を邪魔にしたがっているようだな。俺がかわせみにいると都合の悪いことでもあるのか」

やきもきしているるいをつかまえて、東吾はそんな憎まれ口をきく。

「どうして、私が……」

「いつかの色男の侍でもやってくるかと、たのしみにしているのか」

「いつ、あたしがそんな……」

袂をふり上げて、るいははっと気がついた。

ひょっとすると、東吾がここに居るのは、雨宿りの時の色男の侍を待っているのではないだろうか。

「かわせみ」に東吾が居すわって五日目の午後であった。

やはり午近くから降り出した雨がすっかり本降りになって、薄暗い「かわせみ」の土間に、侍が一人入って来た。

「すまぬが、出先で降られて難渋している、夜まで部屋を貸してもらいたい」

その声に憶えがあって、帳場にいたるいは顔を上げた。

女のような優しい顔が、るいへむかって微笑している。

「あの、もし、なんでございましたら、駕籠を呼んで参りますが……」

部屋へ上げることが、何故かためらわれて、るいがそういいかけた時、嘉助がとんで来た。

「どうぞ、お上り下さいまし、お部屋はあいて居りますので……」

嘉助が、侍を案内して行ったのは、この前と同じ萩の間であった。

「御酒をと、おっしゃっておいででございます」

るいにいって、自分で仕度をはじめた。

どうして嘉助が、るいに相談もせず侍を通したのか、るいは不満だった。

が、嘉助はそ知らぬ顔をして、若い女中に命じて、徳利と膳を運ばせた。

居間へ戻って来てみると、東吾がいなかった。

お吉にきいてみても、知らないという。そこへ女中が戻って来た。

「萩の間のお客様がお嬢さんにおききになりたいことがあるから、ちょっと来てくれとおっしゃっていますけど……」

るいはいやな気がした。

が、相手は侍である。ここは自分の家だという気安さが、るいを立ち上らせた。

萩の間へ行って声をかけると、侍は手酌で飲んでいた。

「この床の間の軸についてききたいのだ。こっちへ入ってくれ」

「かわせみ」の客の部屋には、るいの好みで、身分不相応な軸が飾ってある。

気づかない客もあるが、目の肥えている客は感心して、よく挨拶に出たるいに訊ねたりする。

馴れていることなので、るいは部屋へ入った。軸の文字を読んでくれといわれて、無論、そらんじている歌だが、客にやや背をむけて、軸に近づいた。

侍が襲ったのは、その時で、あっという間もなく背後から首に手がかかった。

逃げようとしたが、凄い力である。声をたてる暇もなかった。

東吾や源三郎の話していた、女主人殺しの下手人はこの男だったのかと思った時、男の手がゆるんだ。畳に投げ出されたようになってふりむくと、東吾が侍に組みついていた。

きき腕をとってねじり上げ、ふりほどこうとする瞬間に、東吾の拳《こぶし》が相手の脾腹《ひばら》を突いた。侍はどっと畳にぶっ倒れる。

「嘉助、縄っ」

東吾が呼び、いつの間にかそこへ来ていた嘉助が捕縄をしごいて躍りかかった。

「東吾様……」

やっと我にかえってすがりつくるいを東吾は軽々と抱き上げた。

「すまなかった、危い思いをさせて……」

萩の間の押入れの中にいたと東吾は笑った。

「こいつが、お前を殺しにかかることは、わかっていたんだ」

侍はそのまま、八丁堀へ移され、源三郎が調べに当った。

松井屋の番頭と船頭の弥吉が呼ばれて、侍の首実検をした。

「間違いございません、この侍で……」

「お内儀さんの待っている船へ向島から乗り込んだのは、あいつでございます」

二人が口を揃えた頃には、侍は源三郎の取調べに口を割っていた。

直ちに、日本橋の両替商、富田屋へ捕吏が向って、すっかり旦那面をして帳場にすわり込んでいた源七を、その場から引っ立てた。

七

「源七は最初から、お勝を殺すつもりだったんだ。お勝を殺せば、富田屋の財産は自分のものになる、それがめあてだったんだが、お勝だけを殺したら、まず、自分に疑いがかかってくる。そのために、まるでかかわり合いのない女主人ばかりを次々に殺させたのが源七の食えないところで、まず、文七も源さんも俺もそれでごま化された」

東吾がおかしいと気がついたのは、

「下手人の侍が、松井屋で女主人はいるかと番頭にきいたというあたりなんだ」

眼の前にいるお峯を女主人と知らないのに、松井屋が女主人だとその侍は知っていた。

「馬鹿に女主人にこだわるような気がしたんだよ」

それと、これは狸穴の道場で稽古をつけながら考えたことだが、と東吾はいくらか得意そうに、「かわせみ」の連中を眺めた。

「似ているようだが、三つの殺しの中、お勝だけが違ってるんだ」

首をしめて殺したやり方は同じだが、お節もお峯も、殺される前に、男と情事を持ったことがはっきりしている。

「お勝だけは着くずれもしていない。家から庭へ下りたところを、いきなり殺されている」

もっとも大きな差は、

「富田屋は他の二軒とは段違いの大金持だってことだ」

持っている財産が大きければ、残された者へころがり込んでくる遺産も莫大《ばくだい》になる。

源七が誰かと組んで、女主人殺しを企てたのではないかと考えたが、証拠がない。

「思いついたのが、どうも源七の片棒をかついだ奴じゃないかと思う侍が、かわせみに雨宿りをしていたことだ」

雨宿りは偶然だろうが、その時、侍は「かわせみ」が女主人だということを耳にしている。

「悪智恵の廻る奴だから、源七は自分が疑われていると気がつくと、四つ目の殺人を考えるのではないかと思ったんだ」

あくまでも下手人は、女主人ばかりをねらって殺す変質者にみせかけようというわけである。

「ねらわれるとしたら、まずかわせみと思ったから、俺はるいにへばりついて、奴の来るのを待っていたわけだ」

「それならそうといって下さればよかったのに……」

東吾が命がけで守ってくれているのなら、おとりにされることなど、なんでもないとるいは嬉しそうにいい、傍にいた畝源三郎が盛んに咳ばらいをするのを面白そうに眺めている。

源七の片棒をかついで、三人の女を殺し、一人を殺しそびれた侍は、伊勢左門という浪人であった。

「なにしろ、美男で体がいいから、長いこと空閨《くうけい》をかこっていたお峯も一ぺんで、奴にまいってしまったんだ」

伊勢左門は、まず、中洲の井筒屋へ客として行って、お内儀のお節をくどいた。

「松井屋の時と同じで、最初だけ自分がその店へ行って、ねんごろになり、あとは外へ呼び出して、要心深く媾曳を重ねて、機会をみて殺した」

お節のほうは、それでも最初だから、何回か媾曳した上で殺したが、お峯の場合は、二度目で片をつけている。

「それだけ馴れたんだろうし、左門も女の相手をするのが、うっとうしくなったのかも知れないな」

急いだおかげで、船頭の弥吉に顔をみられるという失敗もしている。

「それにしても、いくら大金をもらう約束があったにしても、よく、そんな怖しい人殺しの片棒をかついだものですね」

るいの言葉に、東吾が苦笑した。

「こいつは俺の当て推量だが、源七と左門は他人じゃなかったんだろうよ」

「兄弟かなんかなんですか」

大真面目なるいに、東吾は笑い出した。

「源七は、左門の女房だったってことさ」

「だって……」

いいかけて、るいは真っ赤になった。

「男同士、女同士って奴は、場合によると男と女の結びつきより、むつまじいもんだっていうからな」

東吾の推察は、間もなく源七、左門の自白で裏づけられた。

役者くずれの源七は女に興味のない男で、たまたま、芝居小屋で三味線をひいていた左門と知り合って、深い仲になった。

「お勝だけを殺したら、疑われますが、女主人ばかりの殺しが続けば、お上の眼もそっちに逸《そ》れると思いまして……」

あの夜、源七はどさ廻りに出かけるから当分の別れに来たといって、富田屋へ上りこみ、お勝から餞別をもらって、一度は帰ったようにみせかけて、前もって、打ち合せて忍んで来ていた左門と裏口から富田屋の庭へ入った。

裏口の木戸は、これも、源七があらかじめ鍵をはずしておいたもので、まず源七がお勝の寝間の雨戸を外から叩き、忘れたことがあるからといって雨戸をあけさせた。

「お勝にしてみれば、歿った亭主の弟だから、よもやという気があって、うっかり雨戸をあけて体を乗り出した。そこを左門がとびかかって、絞め殺し、死体をそのままにして逃げたんだ」

「悪党ですねえ、源七ってのは。仮にも兄さんの女房だった人を、仏にしてまで、ひと晩中、雨に打たせっぱなしにしておいたなんて……」

顔や姿は役者のようでも、心は鬼だとお吉が憤慨する。

「男も女も、みせかけとなかみは存外、違うもんだ。源さんのような、表向き、まじめ一方にみえるのが、一皮むくと、むっつりなんとかだったりしてね」

東吾がいよいよ調子に乗り、黙っていた源三郎が慌てて腰をあげた。

「長居をすると、なにをいわれるかわかりませんから、これで失礼します。ただし、手前の手伝いで、お屋敷を空けるのは今夜限りにして頂きます。なにしろ、下手人も挙がって居りますので……」

笑いながら帰って行く友人を見送って、東吾は頭を掻いた。

「義姉上が源さんにいったそうだよ。お役目でかわせみに張り込んでいるのはかまわないが、あまり人目に触れるようなところで、薪割りなどしていて、もし、兄上の耳に入ると困るから、気をつけるようにいってくれとさ」

大川にむかう「かわせみ」の庭で、薪割りをしている東吾を、屋敷の誰かがみつけて、兄嫁の香苗にいいつけたらしい。

「だから、私があんなに申しましたのに……」

「近すぎるのがまずいんだ。八丁堀と大川端町と……目と鼻の先というのが、どうも、まずい……」

誰もいなくなった「かわせみ」のるいの部屋で、東吾はるいの膝枕をしたまま、障子のむこうにみえる永代橋を指した。

「たとえば、源さんと深川あたりへ遊びに行こうとするだろう。どうしたってあの橋を渡るんだ。そうすりゃ、ここからるいが眼を光らせている……」

「存じませんでした、深川にいい方がいらっしゃるなんて……」

「例えばの話だといっているだろう」

「そろそろ、東吾様もるいにお飽きになったのでございましょう。男と女の仲は、男同士の仲より、たよりないものだそうでございますから……」

るいの手が東吾の背中にのびて、「かわせみ」の夜はゆっくり更けて行った。

どこかで、心細げな虫の声がしている。

本書は一九八〇年十月に刊行された文春文庫「水郷から来た女　御宿かわせみ3」の新装版です。

文春文庫

水郷《すいごう》から来《き》た女《おんな》　御宿《おんやど》かわせみ３

定価はカバーに
表示してあります

2004年７月10日　新装版第１刷
2015年９月５日　　　　第９刷

著　者　平《ひら》岩《いわ》弓《ゆみ》枝《え》
発行者　飯窪成幸
発行所　株式会社　文藝春秋

東京都千代田区紀尾井町 3-23　〒102-8008
ＴＥＬ　03・3265・1211
文藝春秋ホームページ　http://www.bunshun.co.jp

落丁、乱丁本は、お手数ですが小社製作部宛お送り下さい。送料小社負担でお取替致します。

印刷・凸版印刷　製本・加藤製本

Printed in Japan
ISBN978-4-16-716883-4